# 紅樓夢第七十一回

嫌隙人有心生嫌隙　鴛鴦女無意遇鴛鴦

話說賈母處兩個丫頭匆匆忙忙來找寶玉口裡說道二爺快跟著我們走罷老爺家來了寶玉聽了又喜又愁只得忙忙換了衣服前來請安賈政正在賈母房中連衣服未換看見寶玉進來請安心中自是喜歡却又有些傷感之意又叙了些任上的事情賈母便說你也乏了歇歇去罷賈政忙站起來笑著答應了個是又略站著說了幾句話纔退出來寶玉等也都跟過來賈政自然問問他的工課也就散了原來賈政回京覆命因是學差故不敢先到家中珍璉寶玉頭一天便迎出一站去接見了賈政先請了賈母的安便命都回家伺候次日面聖諸事完畢纔回家來又蒙恩賜假一月在家歇息因年景漸老事重身衰又近因在外幾年骨肉離異今得宴然復聚自覺喜幸不盡一應大小事務一槩付之度外只是看書悶了便與清客們下棋吃酒或日間在裡邊母子夫妻共叙天倫之樂因今歲八月初三日乃賈母八旬大慶又因親友全來恐筵宴排設不開便早同賈赦及賈璉等商議議定于七月二十八日起至八月初五日止寧榮兩處齊開筵宴寧國府中單請官客榮國府中單請堂客大觀園中收拾出綴錦閣並嘉蔭堂等幾處大地方來做退居二十八日請皇親駙馬王公諸王郡主王妃公主

國君太君夫人等二十九日便是閣府督鎮及誥命等三十日便是諸官長及誥命並遠近親友及堂客初一日是賈赦的家宴初二日是賈政初三日是賈珍賈璉初四日是賈府中合族長幼大小共湊家宴初五日是賴大林之孝等家下管事人等共湊一日自七月上旬送壽禮者便絡繹不絕禮部奉旨欽賜金玉如意一柄彩緞四端金玉盃各四件帑銀五百兩元春又命太監送出金壽星一尊沉香拐一支伽楠珠一串福壽香一盒金錠一對銀錠四對彩緞十二疋玉盃四隻餘者自親王駙馬以及大小文武官員家凡所來往者莫不有禮不能勝記堂屋內設下大桌案鋪了紅毡將凡有精細之物都擺上請賈母過目先一二日還高興過來瞧瞧後來煩了也不過目只說叫鳳丫頭收了改日閒了再瞧至二十八日兩府中俱懸燈結彩屏開鸞鳳褥設芙蓉笙簫鼓樂之音通衢越巷寧府中本日只有北靜王南安郡王永昌駙馬樂善郡王並幾位世交公侯蔭襲榮府中南安王太妃北靜王妃並世交公侯誥命賈母等皆是按品大粧迎接大家廝見先請至大觀園內嘉蔭堂茶畢更衣方出至榮慶堂上拜壽入席大家謙遜半日方纔入座上面兩席是南北王妃下面依序便是眾公侯命婦左邊下手一席陪客是錦鄉侯誥命與臨昌伯誥命右邊下手方是賈母主位邢夫人王夫人帶領尤氏鳳姐並族中幾個媳婦兩溜雁翅站

在賈母身後侍立林之孝賴大家的帶領衆媳婦都在竹簾外面伺候上菜上酒周瑞家的帶領幾個丫鬟在圍屏後伺候呼喚凡跟來的人早又有人款待別處去了一時參了場臺下一色十二個未留髮的小丫頭都是小廝打扮垂手伺候須臾一個捧了戲單至堦下先遞給回事的媳婦這媳婦接了纔遞給林之孝家的林之孝家的用小茶盤托上挨身入簾來遞給尤氏的侍妾配鳳配鳳接了纔奉與尤氏尤氏托着走至上席南安太妃謙讓了一回點了一齣吉慶戲文然後又讓北靜王妃也點了一齣衆人又讓了一回命隨便揀好的唱罷了少時菜已四獻湯始一道跟來各家的放了賞大家便更衣服入園來另獻好茶南安太妃因問寶玉賈母笑道今日幾處廟裡念保安延壽經他跪經去了又問衆小姐們賈母笑道他們姊妹們病的病弱的弱見人靦腆所以叫他們給我看屋子去了有的是小戲子傳了一班在那邊廳上陪着他姨娘家姊妹們也看戲呢南安太妃笑道既這樣叫人請來賈母回頭命了鳳姐兒去把史薛林四位姑娘帶來再只叫你三妹妹陪着來罷鳳姐答應了來至賈母這邊只見他姊妹們正吃菓子看戲寶玉也纔從廟裡跪經回來鳳姐說了寶釵姊妹與黛玉湘雲五人來至園中見了大衆俱請安問好內中也有見過的還有一兩家不曾見過的都齊聲誇讚不絕其中湘雲最熟南安太妃因笑

道你在這裡聽見我來了還不出來還等請去我明兒和你叔叔算賬因一手拉着探春一手拉着寶釵問十幾歲了又連聲誇讚因又鬆了他兩個又拉着黛玉寶琴也着實細看極誇一回又笑道都是好的不知叫我誇那一個的是早有人將備用禮物打點出幾分來金玉戒指各五個腕香珠五串南安太妃笑道你姊妹們別笑話留着賞丫頭們罷五人忙拜謝過北靜王妃也有五樣禮物餘者不必細說吃了茶園中略逛了一逛賈母等因又讓入席南安太妃便告辭說身上不爽今日若不來實在使不得因此恕我竟先要告別了賈母等聽說也不便强留大家又讓了一回送至園門坐轎而去接着北靜王妃略



坐了一坐也就告辭了餘者也有終席的也有不終席的賈母勞乏了一日次日便不見人一應都是邢夫人款待有那些世家子弟拜壽的只到廳上行禮賈赦賈政賈珍還禮看待至寧府坐席不在話下這幾日尤氏晚間也不回那府去白日間待客晚上陪賈母頑笑又幫着鳳姐料理出入大小器皿以及收放禮物晚上往園內李氏房中歇宿這日伏侍過賈母晚飯後賈母因說你們乏了我也乏了早些找點子什麽吃了歇歇去罷明兒還要起早呢尤氏答應着退出去到鳳姐兒屋裡來吃飯鳳姐兒正在樓上看着人收送來的圍屏呢只有平兒在屋裡給鳳姐兒疊衣裳尤氏想起二姐兒在時多承平兒照應便點

着頭兒說道好丫頭你這麼個好心人難爲在這裡熬平兒把眼圈兒一紅忙拿話岔過去了尤氏因笑問道你們奶奶吃了飯了沒有平兒笑道吃飯豈不請奶奶去尤氏笑道旣這麼着我別處找吃的去罷餓的我受不得了說着就走平兒忙笑道奶奶請回來這裡有餑餑且點補些兒回來再吃飯尤氏笑道你們忙忙的我園裡和他姊妹們鬧去一面說一面走平兒留不住只得罷了且說尤氏一逕來至園中只見園中正門和各處角門仍未關好猶吊着各色彩燈因回頭命小丫頭叫該班的女人那丫鬟走入班房中竟沒一個人影回來回了尤氏尤氏便命傳管家的女人這丫頭應了便出去到二門外鹿頂內乃是管事的女人議事取齊之所到了這裡只有兩個婆子分菓菜吃因問那一位管事的奶奶在這裡東府裡的奶奶立等一位奶奶有話吩咐這兩個婆子只顧分菜菓又聽見是東府裡的奶奶不大在心上因就回說管家奶奶們纔散了小丫頭道旣散了你們家裡傳他去婆子道我們只管看屋子不管傳人姑娘要傳人再派傳人的去小丫頭聽了道噯喲這可反了怎麼你們不傳去你哄新來的怎麼哄起我來了素日你們不傳誰傳去這會子打聽了體己信兒或是賞了那位管家奶奶的東西你們爭着狗顛屁股兒的傳去不知誰是誰呢璉二奶奶要傳你們也敢這麼回嗎這婆子一則吃了酒二則被這

丫頭揭着弊病便羞惱成怒了因回口道扯你的臊我們的事傳不傳不與你相干你未從揭挑我們你想想你那老子娘在那邊管家爺們跟前比我們還更會溜呢各門各戶的你有本事排楦你們那邊的人去我們這邊你離着還遠些呢丫頭聽了氣白了臉因說道好好這話說的好一面轉身進來回話尤氏已早進園來因遇見了襲人寶琴湘雲三人同着地藏菴的兩個姑子正說故事頑笑尤氏因說餓了先到怡紅院襲人裝了幾樣葷素點心出來給尤氏吃那小丫頭子一逕找了來氣狠狠的把方纔的話都說了尤氏聽了半晌冷笑道這是兩個什麼人兩個姑子笑推這丫頭道你這姑娘好氣性大那糊塗老媽媽們的話你也不該來回纔是偺們奶奶萬金之體勞乏了幾日黃湯辣水沒吃偺們只有哄他歡喜的說這些話做什麼襲人也忙笑拉他出去說好妹子你且出去歇歇我打發人叫他們去尤氏道你不用叫人你去就叫這兩個老婆來到那邊把他們家的鳳姐叫來襲人笑道我請去尤氏笑道偏不用你兩個姑子忙立起身來笑說奶奶素日寬洪大量今日老祖宗千秋奶奶生氣豈不惹人議論寶琴湘雲二人也都笑勸尤氏道不爲老太太的千秋我一定不依且放着就是了說話之間襲人早又遣了一個丫頭去到園門外找人可巧遇見周瑞家的這小丫頭子就把這話告訴他了周瑞家的雖不管事因

他素日仗着王夫人的陪房原有些體面心性乖滑專慣各處獻勤討好所以各房主子都喜歡他他今日聽了這話忙跑入怡紅院一面飛走一面說可了不得氣壞了奶奶了偏我不在跟前且打他們幾個耳刮子再等過了這幾天算賬尤氏見了他也便笑道周姐姐你來有個理你說說這早晚園門還大開着明燈蠟燭出入的人又雜倘有不防的事如何使得因此叫該班的人吹燈關門誰知一個人芽兒也沒有周瑞家的道這還了得前兒二奶奶還吩咐過的今兒就沒了人過了這幾日必要打幾個纔好尤氏又說小丫頭子的話周瑞家的說奶奶不用生氣等過了事我告訴管事的打他個賊死只問他們誰



說各門各戶的話我已經叫他們吹燈關門呢奶奶也別生氣了正亂着只見鳳姐兒打發人來請吃飯尤氏道我也不餓了纔吃了幾個餑餑請你奶奶自已吃罷一時周瑞家的出去便把方纔之事回了鳳姐鳳姐便命將那兩個的名字記上等過了這幾日綑了送到那府裡憑大奶奶開發或是打或是開恩隨他就完了什麼大事周瑞家的聽了巴不得一聲素日因與這幾個人不睦出來了便命一個小厮到林之孝家去傳鳳姐的話立刻叫林之孝家的進來見大奶奶一面又傳人立刻綑起這兩個婆子來交到馬圈裡派人看守林之孝家的不知什麼事忙坐車進來先見鳳姐至二門上傳進話去了頭們出來

說奶奶纔歇下了大奶奶在園內叫大娘見見大奶奶就是了林之孝家的只得進園來到稻香村丫嬛們回進去尤氏聽了反過不去忙喚進他來因笑向他道我不過為找人找不著因問你你既去了也不是什麼大事誰又把你叫進來倒叫你白跑一輪不大的事已經撂過手了林之孝家的也笑回道二奶奶打發人傳我說奶奶有話吩咐尤氏道大約周姐姐說的你家去歇着罷没有什麼大事李紈又要說原故尤氏反攔住了林之孝家的見如此只得便回身出園去可巧遇見趙姨娘因笑說噯喲喲我的嫂子這會子還不家去歇歇跑什麼林之孝家的便笑說何曾没家去如此這般進來了趙姨娘便說這事也值一個屁開恩呢就不理論心窄些兒也不過打幾下就完了也值的叫你進來你快歇歇去我也不留你喝茶了說畢林之孝家的出來到了側門前就有纔兩個婆子的女兒上來哭着求情林之孝家的笑道你這孩子好糊塗誰叫他好喝酒混說話惹出事來連我也不知道二奶奶打發人綑他連我還有不是呢我替誰討情去這兩個小丫頭子纔十來歲原不識事只管啼哭求告纏的林之孝家的沒法因說道糊塗東西你放着門路不去求儘着纏我你姐姐現給了那邊大太太的陪房費大娘的兒子你過去告訴你姐姐叫親家娘和太太一說什麼完不了的一語提醒了這一個那一個還求林之孝家的哱

道糊塗攮的他過去一說自然都完了没又单放他媽又打你
媽的禮說畢上車去了這一個小丫頭子果然過來告訴了他
姐姐和費婆子說了這費婆子原是個大不安靜的便隔墻大
駡一陣走了來求邢夫人說他親家與大奶奶的小丫頭白鬧
了兩句話周瑞家的挑唆了二奶奶現綑在馬圈裡等過兩日
還要打呢求太太和二奶奶說聲饒他一次罷邢夫人自為要
鴛鴦討了没意思賈母冷淡了他且前日南安太妃來賈母又
單令探春出來自已心内早已怨忿又有在側一干小人心内
嫉妬挾怨鳳姐便調唆的邢夫人着實憎惡鳳姐如今又聽了
如此一篇話也不說長短至次日一早見過賈母衆族人到齊



開戲賈母高興又今日都是自已族中子侄輩只便粧出來堂
上受禮當中獨設一榻引枕靠背脚踏俱全自已歪在榻上榻
之前後左右皆是一色的矮凳寶釵寶琴黛玉湘雲迎春探春
惜春姊妹等圍繞因賈㻞之母也帶了女兒喜鸞賈瓊之母也
帶了女兒四姐兒還有幾房的孫女兒大小共有二十來個賈
母獨見喜鸞四姐兒生得又好說話行事與衆不同心中歡喜
便叫他兩個也坐在榻前寶玉却在榻上與賈母搥腿首席便
是薛姨媽下邊兩溜順著房頭輩數下去簾外兩廊都是族中
男客也依次而坐先是那女客一起一起行禮後是男客行禮
賈母歪在榻上只命人說免了罷然後賴大等帶領衆家人從

儀門直跪至大廳上磕頭禮畢又是衆家下媳婦然後各房丫嬛足鬧了兩三頓飯時然後又抬了許多雀籠來在當院中放了生賈赦等焚過天地壽星紙方開戲飲酒直到歇了中台賈母方進來歇息命他們取便因命鳳姐兒留下喜鸞四姐兒頑兩日再去鳳姐兒出來便和他母親說他兩個母親素日承鳳姐的照顧也願意在園內頑笑至晚便不回去了邢夫人直至晚間散時當着衆人陪笑和鳳姐求情說我昨日晚上聽見二奶奶生氣打發周管家的奶奶兒綑了兩個老婆可也不知犯了什麼罪論理我不該討情我想老太太好日子發狠的還要捨錢捨米周貧濟老咱們先倒挫磨起老奴才來了就不看我的



臉權且看老太太暫且竟放了他們罷說畢上車去了鳳姐聽了這話又當着衆人又羞又氣一時找尋不着頭腦憋的臉紫脹回頭向賴大家的等冷笑道這是那裡的話昨兒因爲這裡的人得罪了那府裡大奶奶我怕大奶奶多心所以儘讓他發放並不爲得罪了我這又是誰的耳報神這麼快王夫人因問爲什麼事鳳姐兒笑將昨日的事說了尤氏也笑道連我並不知道你原也太多事了鳳姐兒道我爲你臉上過不去所以等你開發不過是個禮就如我在你那裡有人得罪了我你自然送了來儘我凴他是什麼好奴才到底錯不過這個禮去這又不知誰過去沒的獻勤兒這也當作一件事情去說王夫人道

你太太說的是就是你珍大嫂子也不是外人也不用這些虛禮老太太的千秋要緊放了他們爲是說着回頭便命人去放了那兩個婆子鳳姐由不得越想越氣越愧不覺的一陣心灰落下淚來因賭氣回房哭泣又不使人知覺偏是賈母打發了琥珀來叫立等說話琥珀見了詫異道好好的這是什麽原故那裡立等你呢鳳姐聽了忙擦乾了淚洗面另施了脂粉方同琥珀過來賈母因問道前兒這些人家送禮來的共有幾家有圍屏鳳姐兒道共有十六家有十二架大的四架小的炕屏內中只有甄家一架大屏十二扇大紅緞子刻絲滿床笏一面泥金百壽圖的是頭等還有粵海將軍鄔家的一架玻璃的還罷



了賈母道既這麽樣這兩架別動好生擱着我要送人的鳳姐答應了鴛鴦忽過來向鳳姐臉上細瞧引的賈母問說你不認得他只管瞧什麽鴛鴦笑道我看他的眼腫腫的所以我詫異賈母便叫過來也細細的看鳳姐笑道纔覺的發癢揉腫了些鴛鴦笑道別又是受了誰的氣了罷鳳姐笑道誰敢給我氣受就受了氣老太太好日子我也不敢哭啊賈母道正是呢我正要吃飯你在這裡打發我吃剩下的你和珍兒媳婦吃了你們兩個在這裡帮着師父們替我揀佛頭兒你們也積積壽前兒你妹妹們和寶玉都揀了如今也叫你們揀揀別說我偏心說話時先擺上一桌素饌來兩個姑子吃然後擺上葷的賈母吃

畢抬出外間尤氏鳳姐二人正吃着賈母又叫把喜鸞四姐兒
二人叫來跟他二人吃畢洗了手點上香捧上一升豆子來兩
個姑子先念了佛偈然後一個一個的揀在一個笸籮內叫日
煮熟了令人在十字街結壽緣賈母歪着聽兩個姑子說些因
果鴛鴦早已聽見琥珀說鳳姐哭之一事又和平兒前打聽得
原故晚間人散時便回說二奶奶還是哭的那邊大太太當着
人給二奶奶沒臉賈母因問爲什麼原故鴛鴦便將原故說了
賈母道這纔是鳳丫頭知禮處難道爲我的生日由着奴才們
把一族中的主子都得罪了也不管罷這是大太太素日沒好
氣不敢發作所以今兒拿着這個作法明是當着衆人給鳳姐



兒沒臉罷了正說着只見寶琴來了也就不說了賈母忽想起
留下的喜姐兒四姐兒叫人吩咐園中婆子們要和家裡的姑
娘一樣照應倘有人小看了他們我聽見可不饒婆子答應了
方要走時鴛鴦道我說去罷他們那裡聽他的話說着便一逕
往園裡來先到稻香村中李紈與尤氏都不在這裡問了鬟們
都說在三姑娘那裡呢鴛鴦回身又來至曉翠堂果見那園中
人都在那裡說笑見他來了都笑說你這會子又跑到這裡做
什麼又讓他坐鴛鴦笑道不許我逛逛麼于是把方纔的話說
了一遍李紈忙起身聽了即刻就叫人把各處的頭兒喚了一
個來令他們傳與諸人知道不在話下這裡尤氏笑道老太太

也太想的到實在我們年輕力壯的人細上十個也趕不上李紈道鳳丫頭仗著鬼聰明還離脚踪兒不遠偺們是不能的了鴛鴦道罷喲還提鳳丫頭虎丫頭呢他的為人也可憐見兒的雖然這幾年沒有在老太太太太跟前有個錯縫兒暗裡也不知得罪了多少人總而言之為人是難做的若太老實了沒有個機變公婆又嫌太老實了家裡人也不怕若有些機變未免又治一經損一經如今偺們家更好新出來的這些底下字號的奶奶們一個個心滿意足都不知道要怎麽樣纔好少不得意不是背地裡嚼舌根就是調三窩四的我怕老太太生氣一點兒也不肯說不然我告訴出來大家別過太平日子這不是



我當着三姑娘說老太太偏疼寶玉有人背地怨言還罷了算是偏心如今老太太偏疼你我聽着也是不好這可笑不可笑探春笑道糊塗人多那裡較量得許多我說倒不如小戶人家雖然寒素些倒是天天娘兒們歡天喜地大家快樂我們這樣人家人都看著我們不知千金萬金何等快樂除不知這裡說不出來的煩難更利害寶玉道誰都像三妹妹多心多事我常勸你總別聽那些俗語想那些俗事只管安富尊榮纔是比不得我們沒這清福應該混鬧的尤氏道誰都像你是一心無罣得只知道和姊妹們頑笑餓了吃困了睡再過幾年不過是這樣一點後事也不慮寶玉笑道我能彀和姊妹們過一日是一

日死了就完了什麽後事不後事李紈等都笑道這可又是胡說了就算你是個没出息的終老在這裡難道他姐兒們都不出門子罷尤氏笑道怨不得都說你空長了個好胎子真真是個傻東西寳玉笑道人事難定誰死誰活倘或我在今日明日今年明年死了也算是隨心一輩子了衆人不等說完便說越發胡說了別和他說話纔好要和他說話不是獃話就是瘋話喜鸞因笑道二哥哥你別這麽說等這裡姐姐們果然都出了門橫竪老太太太太也悶的慌我來和你作伴兒李紈尤氏都笑道姑娘也別說獃話難道你是不出門子的嗎一句說的喜鸞也臊了低了頭當下已起更時分大家各自歸房安歇不提



且說鴛鴦一逕回來剛至園門前只見角門虛掩猶未上門此時園內無人來往只有班兒房子裡燈光掩映微月半天鴛鴦又不曾有伴也不曾提燈獨自一個脚步又輕所以該班的人皆不理會偏要小解因下了甬路找微草處走動行至一塊湘山石後大桂樹底下來剛轉至石邊只聽一陣衣衫响嚇了一驚不小定睛看時只見是兩個人在那裡見他來了便想往樹叢石後藏躲鴛鴦眼尖趁着半明的月色早看見一個穿紅裌兒梳鬅頭高大豐壯身材的是迎春房裡司棋鴛鴦只當他和別的女孩子也在此方便見自已來了故意藏躲嚇着頑耍因便笑叫道司棋你不快出來嚇着我我就喊起來當賊拿了這

麽大丫頭也沒個黑家白日只是頑不彀這本是鴛鴦戲語叫他出來誰知他賊人膽虛只當鴛鴦已看見他的首尾了生恐叫喊出來使衆人知覺更不好且素日鴛鴦又和自已親厚不比別人便從樹後跑出來一把拉住鴛鴦便雙膝跪下只說好姐姐千萬別嚷鴛鴦反不知他為什麽忙拉他起來問道這是怎麽說司棋只不言語渾身亂顫鴛鴦越發不解再瞧了一瞧又有一個人影兒恍惚像是個小廝心下便猜着了八九分自已反羞的心跳耳熱又怕起來因定了一會忙悄問那一個是誰司棋又跪下道是我姑舅哥哥鴛鴦啐了一口却羞的一句話也說不出來司棋又回頭悄叫道你不用藏著姐姐已經看



見了快出來磕頭那小廝聽了只得也從樹後跑出來磕頭如搗蒜鴛鴦忙要回身司棋拉住苦求哭道我們的性命都在姐姐身上只求姐姐超生我們罷鴛鴦道你不用多說了快叫他去罷橫竪我不告訴人就是了你這是怎麽說呢一語未了只聽角門上有人說道金姑娘已經出去了角門上鎖罷鴛鴦正被司棋拉住不得脫身聽見如此說便忙着接聲道我在這裡有事且畧等等兒我出來了司棋聽了只得鬆手讓他去了要知端底下回分解

紅樓夢第七十一回終

# 紅樓夢第七十二回

## 王熙鳳恃強羞說病　來旺婦倚勢霸成親

且說鴛鴦出了角門臉上猶熱心內突突的亂跳真是意外之事因想這事非常若說出來姦盜相連關係人命還保不住帶累傍人橫豎與自已無干且藏在心內不說給人知道回房復了賈母的命大家安息不提却說司棋因從小兒和他姑表兄弟一處頑笑起初時小兒戲言便都訂下將來不娶不嫁近年大了彼此又出落得品貌風流常時司棋回家時二人眉來眼去舊情不斷只不能入手又彼此生怕父母不從二人便設法彼此裏外買囑園內老婆子們留門看道今日趁亂方從外進



來初次入港雖未成雙却也海誓山盟私傳表記已有無限風情忽被鴛鴦驚散那小厮早穿花度柳從角門出去了司棋一夜不曾睡着又後悔不來至次日見了鴛鴦自是臉上一紅一白百般過不去心內懷着鬼胎茶飯無心起坐恍惚捱了兩日竟不聽見有動靜方畧放下了心這日晚間忽有個婆子來悄悄告訴道你表兄竟逃走了三四天沒上家如今打發人四處找他呢司棋聽了又急又氣又傷心因想道總然鬧出來也該死在一處真真男人沒情意先就走了因此又添了一層氣次日便覺心內不快支持不住一頭躺倒懨懨的成了病了鴛鴦聞知那邊無故走了一個小厮園內司棋病重要往外挪心下

料定是二人懼罪之故生怕我說出來因此自已反過意不去指着來望候司棋支出人去反自已賭咒發誓與司棋說我若告訴一個人立刻現死現報你只管放心養病別白遭塌了小命兒司棋一把拉住哭道我的姐姐偺們從小兒耳鬢廝磨你不曾拿我當外人待我也不敢怠慢了你如今我雖一着走錯了你若果然不告訴一個人你就是我的親娘一樣從此後我活一日是你給我一日我的病要好了把你立個長生牌位我天天燒香磕頭保佑你一輩子福壽雙全的我若死了時變驢變狗報答你倘或偺們散了已後遇見我自有報答的去處一面說一面哭這一夕話反把鴛鴦說的酸心也哭起來了因點





頭道你也是自家要作死哟我作什麽管你這些事壞你的名兒我白去獻勤兒況且這事我也不便開口和人說你只放心從此養好了可要安分守已的再別胡行亂閙了司棋在枕上點首不絕鴛鴦又安慰了他一番方出來因知賈璉不在家中又因這兩日鳳姐兒聲色怠惰了些不似往日一樣便順路來問候因進入鳳姐院中二門上的人見是他來便站立待他進去鴛鴦來至堂屋只見平兒從裏頭出來見了他來便忙上來悄聲笑道纔吃了一口飯歇了中覺了你且這屋裏略坐坐鴛鴦聽了只得同平兒到東邊房裏來小丫頭倒了茶來鴛鴦悄問道你奶奶這兩日是怎麽了我近來看著他懶懶的平兒見

問因房內無人便嘆道他這懶懶的也不止今日了這有一月前頭就是這麽着這幾日忙亂了幾天又受了些閑氣從新又勾起來這兩日比先又添了些病所以支不住就露出馬脚來了鴛鴦道既這樣怎麽不早請大夫治平兒嘆道我的姐姐你還不知道他那脾氣的別說請大夫來吃藥我看不過白問一聲身上覺怎麽樣他就動了氣反說我咒他病了饒這樣天天還是察三訪四自己再不看破些且養身子鴛鴦道雖然如此到底該請大夫來瞧瞧是什麽病也都好放心平兒嘆道說起病來據我看也不是什麽小症候鴛鴦忙道是什麽病呢平兒見問又往前湊了一湊向耳邊說道只從上月行了經之後這



一個月竟瀝瀝淅淅的沒有止住這可是大病不是鴛鴦聽了忙答應道噯喲依這麽說可不成了血山崩了嗎平兒忙啐了一口又悄笑道你個女孩兒家這是怎麽說你倒會咒人鴛鴦見說不禁紅了臉又悄笑道究竟我也不懂什麽是崩不崩的你倒忘了不成先我姐姐不是害這病死了我也不知是什麽病因無心中聽見媽和親家媽說我還納悶後來聽見原故纔明白了一二分二人正說着只見小丫頭向平兒道方纔朱大娘又來了我們回了他奶奶纔歇中覺他往太太上頭去了平兒聽了點頭鴛鴦問那一個朱大娘平兒道就是官媒婆朱嫂子因有個什麽孫大人來和偺們求親所以他這兩日天天弄

個帖子來鬧得人怪煩的一語未了小丫頭跑來說二爺進來了說話之間賈璉已走至堂屋門口平兒忙迎出來賈璉見平兒在東屋裡便也過這間房內來走至門前忽見鴛鴦坐在炕上便煞住脚笑道鴛鴦姐姐今兒貴步幸臨賤地鴛鴦只坐著笑道來請爺奶奶的安偏又不在家的不在家睡覺的睡覺賈璉笑道姐姐一年到頭辛苦伏侍老太太我還没看你去那裡還敢勞動來看我們又說巧的狠我纔要找姐姐去因爲穿著這袍子熱先來換了夾袍子再過去找姐姐去不想老天爺可憐省我走這一趟一面說一面在椅子上坐下鴛鴦因問又有什麽說的賈璉未語先笑道因有一件事竟忘了只怕姐姐還



記得上年老太太生日曾有一個外路和尚來孝敬一個臘油凍的佛手因老太太愛就即刻拿過來擺着因前日老太太的生日我看古董賬還有一筆在這賬上却不知此時這件着落在何處古董房裡的人也回過了我兩次等我問準了好註上一筆所以我問姐姐如今還是老太太擺着呢還是交到誰手裡去了呢鴛鴦聽說便說道老太太擺了幾日厭煩了就給你們奶奶了你這會子又問我來了我連日子還記得還是我打發了老王家的送來你忘了或是問你們奶奶和平兒平兒正拿衣裳聽見如此說忙出來回說交過來了現在樓上放著呢奶奶已經打發人去說過他們發昏没記上又來叨蹬這些没

要緊的事賈璉聽說笑道既然給了你奶奶我怎麽不知道你們就昧下了平兒道奶奶告訴二爺二爺還要送人奶奶不肯好容易留下的這會子自已忘了倒說我們昧下那是什麽好東西比那强十倍的也沒昧下一遭這會子就愛上那不値錢的咧賈璉垂頭含笑想了想拍手道我如今竟糊塗了丟三忘四惹人抱怨竟大不像先了鴛鴦笑道也怨不得事情又多口舌又雜你再喝上兩鍾酒那裡記得許多一面說一面起身要走賈璉忙也立起身來說道好姐姐略坐一坐兒兄弟還有一事相求說着便罵小丫頭怎麽不沏好茶來快拿干净蓋碗把昨日進上的新茶沏一碗來說着向鴛鴦道這兩日因老太



太千秋所有的幾千兩都使了幾處房租地租統在九月纔得這會子竟接不上明兒又要送南安府裡的禮又要預備娘娘的重陽節禮還有幾家紅白大禮至少還得三二千兩銀子用一時難去支借俗語說的好求人不如求己說不得姐姐擔個不是暫且把老太太查不着的金銀傢伙偷着運出一箱子來暫押千數兩銀子支騰過去不上半月的光景銀子來了我就贖了交還斷不能叫姐姐落不是鴛鴦聽了笑道你倒會變法兒虧你怎麽想了賈璉笑道不是我撒謊若論除了姐姐也還有人手裡管得起千數兩銀子只是他們爲人都不如你明白有膽量我和他們一說反嚇住了他們所以我寧撞金鐘一下不

打鐃鈸三千一語未了賈母那邊小丫頭子忙忙走來找鴛鴦說老太太找姐姐呢這半日我那裡沒找到却在這裡鴛鴦聽說忙着去見賈母賈璉見他去了只得回來瞧鳳姐誰知鳳姐已醒了聽他和鴛鴦借當自已不便答話只躺在榻上聽見鴛鴦去了賈璉進來鳳姐因問道他可應准了須得你再去和他說一說就十分成了賈璉笑道雖未應准却有幾分成了鳳姐笑道我不管這些事倘或說准了這會子說着好聽到了有錢的時節你就撂在脖子後頭了誰和你打饑荒去倘或老太太知道了倒把我這幾年的臉面都丟了賈璉笑道好人你要說定了我謝你鳳姐笑道你說謝我什麼賈璉笑道你說要什麼



就有什麼平兒一傍笑道奶奶不用要別的剛纔正說要做一件什麼事恰少一二百銀子使不如借了來奶奶拏這麼一二百銀子豈不兩全其美鳳姐笑道幸虧提起我來就是這麼也罷了賈璉笑道你們太也狠了你們這會子別說一千兩的當頭就是現銀子要三五千只怕也難不倒我不和你們借就罷了這會子煩你說一句話還要個利錢難為你們和我鳳姐不等說完翻身起來說道我三千五千不是賺的你的如今裡外上下背着嚼說我的不少了就短了你來說我了可知沒家親引不出外鬼來我們看着你家什麼石崇鄧通把我王家的縫子掃一掃就彀你們一輩子過的了說出來的話也不害臊現

有對証把太太和我的嫁粧細看看比一比我們那一樣是配不上你們的賈璉笑道說句頑話兒就急了這有什麽的呢你要使一二百兩銀子值什麽多的沒有這還能彀先拿進來你使了再說去如何鳳姐道我又不等着啣口墊背忙什麽呢賈璉道何苦來犯不着這麽肝火盛鳳姐聽了又笑起來道不是我着急你說的話戳人的心我因爲想着後日是二姐的週年我們好了一塲雖不能別的到底給他上個坟燒張紙也是姊妹一塲他雖沒個兒女留下也別前人灑土迷了後人的眼睛纔是賈璉半晌方道難爲你想的週全鳳姐一語倒把賈璉說沒了話低頭打算說既是後日纔用若明日得了這個你隨便



使多少就是了一語未了只見旺兒媳婦走進來鳳姐便問可成了沒有旺兒媳婦道竟不中用我說須得奶奶作主就成了賈璉便問又是什麽事鳳姐兒見問便說道不是什麽大事旺兒有個小子今年十七歲了還沒娶媳婦兒因要求太太房裡的彩霞不知太太心裡怎麽樣前日太太見彩霞大了二則又多病多災的因此開恩打發他出去了給他老子隨便自己擇女婿去罷因此旺兒媳婦來求我我想他兩家也就算門當戶對了一說去自然成的誰知他這會子來了說不中用賈璉道這是什麽大事比彩霞好的多着呢旺兒家的便笑道爺雖如此說連他家還看不起我們別人越發看不起我們了好容易

替看准一個媳婦兒我只說求爺奶奶的恩典替作成了奶奶又說他必是肯的我就煩了人過去試一試誰知白討了個沒趣兒若論那孩子倒好據我素日合意兒試他心裡沒有什麼說的只是他老子娘兩個老東西太心高了些一語戳動了鳳姐和賈璉鳳姐因見賈璉在此且不做一聲只看賈璉的光景賈璉心中有事那裡把這點事放在心裡待要不管只是看着鳳姐兒的陪房且素日出過力的臉上實在過不去因說什麼大事只管咕咕唧唧的你放心且去我明日作媒打發兩個有體面的人一面說一面帶着定禮去就說是我的主意他十分不依叫他來見我旺兒家的看着鳳姐鳳姐便努嘴兒旺兒家的會意忙爬下就給賈璉磕頭謝恩賈璉忙道你只管給你們姑奶奶磕頭我雖說了到底也得你們姑奶奶打發人叫他女人上來和他好說更好些不然太霸道了日後你們兩親家也難走動鳳姐忙道連你還這麼開恩操心呢我反倒袖手傍觀不成旺兒家的你聽見了這事說了你也忙忙的給我完了事來說給你男人外頭所有的賬目一概趕今年年底都收進來少一個錢也不依我的名聲不好再放一年都要生吃了我呢旺兒媳婦笑道奶奶也太膽小了誰敢議論奶奶若收了時我也是一場痴心白使了鳳姐道我真個還等錢做什麼不過為的是日用出的多進的少這屋裡有的沒的我和你姑爺一

月的月錢再連上四個丫頭的月錢通共一二十兩銀子還不彀三五天使用的呢若不是我千湊萬挪的早不知過到什麼破窰去了如今倒落了一個放賬的名兒既這樣我就收了回來我比誰不會花錢咱們已後就坐着花到多早晚就是多早晚這不是樣兒前兒老太太生日太太急了兩個月想不出法兒來還是我提了一句後樓上現有些沒要緊的大銅錫傢伙四五箱子拿出去弄了三百銀子纔把太太遮羞禮兒搪過去了我是你們知道的那一個金自鳴鐘賣了五百六十兩銀子沒有半個月大事小事沒十件白填在裡頭今兒外頭也短住了不知是誰的主意搜尋上老太太了明兒再過一年便搜



尋到頭面衣裳可就好了旺兒媳婦笑道那一位太太奶奶的頭面衣裳折變了不彀過一輩子的只是不肯罷咧鳳姐道不是我說沒能耐的話要像這麼着我竟不能了昨兒晚上忽然做了個夢說來可笑夢見一個人雖然面善却又不知名姓找我說娘娘打發他來要一百疋錦我問他是那一位娘娘他說的又不是偺們的娘娘我就不肯給他他就來奪正奪着就醒了旺兒家的笑道這是奶奶日間操心惦記候宮裡的事一語未了人回夏太監打發了一個小內家來說話賈璉聽了忙皺眉道又是什麼話一年他們也搬彀了鳳姐道你藏起來等我見他若是小事罷了若是大事我自有回話賈璉便躲入內套

問去這裡鳳姐命人帶進小太監來讓他椅上坐了吃茶因問何事那小太監便說夏爺爺因今兒偶見一所房子如今竟短二百兩銀子打發我來問舅奶奶家裡有現成的銀子暫借一二百過一兩日就送來鳳姐兒聽了笑道什麼是送來有的是銀子只管先兌了去改日等我們短住再借去也是一樣小太監道夏爺爺還說上兩回還有一千二百兩銀子沒送來等今年年底下自然一齊都送過來的鳳姐笑道你夏爺爺好小氣這也值的放在心裡我說一句話不怕他多心若都這麼記清了還我們不知還了多少了只怕我們沒有要有只管拿去因叫旺兒媳婦來出去不管那裡先支二百銀來旺兒媳婦會意因笑道我纔因別處支不動纔來和奶奶支的鳳姐道你們只會裡頭來要錢叫你們外頭弄去就不能了說着叫平兒把我那兩個金項圈拿出去暫且押四百兩銀子平兒答應去了果然拿了一個錦盒子來裡面兩個錦袱包着打開時一個金纍絲攢珠的那珍珠都有蓮子大小一個點翠嵌寶石的兩個都與宮中之物不離上下一時拿去果然拿了四百兩銀子來鳳姐命給小太監打疊一半那一半與了旺兒媳婦命他拿去辦八月中秋的節那小太監便告辭了鳳姐命人替他拿着銀子送出大門去了這裡賈璉出來笑道這一起外祟何日是了鳳姐笑道剛說着就來了一股子賈璉道昨兒周太監來張口一

千兩我略應慢了些他就不自在將來得罪人的地方兒多着呢這會子再發個三五萬的財就好了一面說一面平兒伏侍鳳姐另洗了臉更衣往賈母處伺候晚飯這裏賈璉出來剛至外書房忽見林之孝走來賈璉因問何事林之孝說道纔聽見雨村降了却不知何事只怕未必真賈璉道真不真他那官兒未必保的長只怕將來有事偺們寧可疎遠着他好林之孝道何從不是只是一時難以踈遠如今東府大爺和他更好老爺又喜歡他時常來往那個不知賈璉道橫豎不和他謀事也不相干你去再打聽真了是爲什麼林之孝答應了却不動身坐在椅子上再說些閒話因又說起家道艱難便趁勢說人口太衆



了不如揀個空日回明老太太老爺把這些出過力的老家人用不着的開恩放幾家出去一則他們各有營運二則家裏一年也省口糧月錢再者裏頭的姑娘也太多俗語說一時比不得一時如今說不得先時的例了少不的大家委屈些該使八個的使六個使四個的使兩個若各房筭起來一年也可以省許多月米月錢況且裏頭的女孩子們一半都大了也該配人的配人成了房豈不又滋生出些人來賈璉道我也這麼想只是老爺纔回家來多少大事未回那裏議到這個上頭前兒官媒拿了個庚帖來求親太太還說老爺纔來家每日歡天喜地的說骨肉完聚忽然提起這事恐老爺又傷心所以且不叫提

起林之孝道這也是正理太太想的週到賈璉道正是提起這話我想起一件事來我們旺兒的小子要說太太屋裡的彩霞他昨兒來我我想什麼大事不管誰去說一聲去就說我的話林之孝答應了半晌笑道依我說二爺竟別管這件事旺兒的那小子雖然年輕在外吃酒賭錢無所不至雖說都是奴才到底是一輩子的事彩霞這孩子這幾年我雖沒看見聽見說越發出跳的好了何苦來白遭塌一個人呢賈璉道哦他小子竟會喝酒不成人嗎這麼着那裡還給他老婆且給他一頓棍鎖起來再問他老子娘林之孝笑道何必在這一時等他再生事我們自然回爺處治如今且也不用寃辦賈璉不語一時林之孝出去晚間鳳姐已命人喚了彩霞之母來說媒那彩霞之母滿心縱不願意見鳳姐自和他說何等體面便心不由己的滿口應了出去鳳姐又問賈璉可說了沒有賈璉因說我原要說來着聽見他這小子大不成人所以還沒說若果然不成人且管教他兩日再給他老婆不遲鳳姐笑道我們王家的人連我還不中你們的意何况奴才呢我已經和他娘說了他娘倒歡天喜地難道又叫進他來不要了不成賈璉道你既說了又何必退呢明日說給他老子好生管他就是了這裡說話不提且說彩霞因前日出去等父母擇人心中雖與賈環有舊尚未作准今日又見旺兒每每來求親早聞得旺兒之子酗酒賭博而

且容顏醜陋不能如意自此心中越發懊惱惟恐旺兒仗勢作成終身不遂未免心中急躁至晚間悄悄命他妹子小霞進二門來找趙姨娘問個端底趙姨娘素日深與彩霞好巴不得給了賈環方有個膀臂不承望王夫人又放出去了每每調唆賈環去討一則賈環羞口難開二則賈環也不在意不過是個丫頭他去了將來自然還有好的遂遷延住不肯說去意思便丟開了手無奈趙姨娘又不捨又見他妹子來問是晚得空便先求了賈政賈政說道且忙什麽等他們再念一二年書再放人不遲我已經看中了兩個丫頭一個給寶玉一個給環兒只是年紀還小又怕他們悮了念書再等一二年再題趙姨娘還要說



話只聽外面一聲響不知何物大家吃了一驚未知如何下回分解

紅樓夢第七十二回終

# 紅樓夢第七十三回

## 痴丫頭悞拾綉春囊　懦小姐不問纍金鳳

話說那趙姨娘和賈政說話忽聽外面一聲响不知何物忙問時原來是外間窗屜不曾扣好滑了屈戍掉下來趙姨娘罵了丫頭幾句自已帶領丫鬟上好方進來打發賈政安歇不在話下却說怡紅院中寶玉方纔睡下丫鬟們正欲各散安歇忽聽有人來敲院門老婆子開了見是趙姨娘房內的丫頭名喚小鵲的問他作什麼小鵲不答直往裡走來找寶玉只見寶玉纔睡下晴雯等猶在床邊坐着大家頑笑見他來了都問什麼事這時候又跑了來小鵲連忙悄向寶玉道我來告訴你個信兒



方纔我們奶奶咕咕唧唧的在老爺前不知說了你些個什麼我只聽見寶玉二字我來告訴你仔細明兒老爺和你說話罷一面說着回身就走襲人命人留他吃茶因怕關門遂一直去了寶玉聽了知道趙姨娘心術不端合自已仇人是的又不知他說些什麼便如孫大聖聽見了緊箍兒咒的一般登時四肢五內一齊皆不自在起來想來想去別無他法且理熟了書預備明兒盤考只能書不舛錯就有別事也可搪塞一面想罷忙披衣起來要讀書心中又自後悔這些日子只說不提了偏又丟生了早知該天天好歹温習些如今打算打算肚子裡現可背誦的不過只有學庸二論還背得出來至上本孟子就有一

半是夾生的若憑空提一句斷不能背至下孟子就有大半生的算起五經來因近來做詩常把五經集些雖不甚熟還可塞責別的雖不記得素日賈政幸未叫讀的縱不知也還不妨至於古文這是那幾年所讀過的幾篇左傳國策公羊穀梁漢唐等文這幾年未曾讀得不過一時之興隨看隨忘未曾下過苦功如何記得這是更難塞責的更有時文八股一道因平素深惡說這原非聖賢之制撰焉能闡發聖賢之奧不過是後人餌名釣祿之階雖賈政當日起身選了百十篇命他讀的不過是後人的時文偶見其中一二股內或承起之中有作的精緻或流蕩或遊戲或悲感稍能動性者偶爾一讀不過供一時之興



趣究竟何曾成篇潛心玩索如今若溫習這個又恐明日盤究那個若溫習那個又恐盤駁這個一夜之工亦不能全然溫習因此越添了焦躁自已讀書不值緊要卻累着一房丫鬟們都不能睡襲人等在傍剪燭斟茶那些小的都困倦起來前仰後合晴雯罵道什麼小蹄子們一個個黑家白日挺屍挺不彀偶然一次睡遲了些就粧出這個腔調兒來了再這麼着我拿針扎你們兩下子話猶未了只聽外間咕咚一聲急忙看時原來是個小丫頭坐着打盹一頭撞到壁上從夢中驚醒却正是晴雯說這話之時他怔怔的只當是晴雯打了他一下子遂哭着央說好姐姐我再不敢了衆人都笑起來寶玉忙勸道饒他罷

原該叫他們睡去你們也該替換着睡襲人道小祖宗你只顧你的罷統共這一夜的工夫你把心暫且用在這幾本書上等過了這一關由你再張羅別的也不算悞了什麼寶玉聽他說的懇切只得又讀幾句麝月斟了一杯茶來潤舌寶玉接茶吃了因見麝月只穿着短襖寶玉道夜靜了冷到底穿一件大衣裳纔是啊麝月笑指着書道你暫且把我們忘了使不得嗎且把心擱在這上頭些罷話猶未了只聽春燕秋紋從後房門跑進來口內喊說不好了一個人打墻上跳下來了衆人聽說忙問在那裡即喝起人来各處尋找晴雯因見寶玉讀書苦惱勞費一夜神思明日也未必妥當心下正要替寶玉想個主意好脫此難忽然碰着這一驚便生計向寶玉道趁這個機會快裝病只說嚇着了這話正中寶玉心懷因叫起上夜的來打着燈籠各處搜尋並無踪跡都說小姑娘們想是睡花了眼出去風摇的樹枝兒錯認了人晴雯便道别放屁你們查的不嚴怕躭不是還拿這話來支吾剛纔並不是一個人見的寶玉和我們出去大家親見的如今寶玉嚇得顏色都變了滿身發熱我這會子還要上房裡取安魂丸藥去呢太太問起來是要回明白了的難道依你說就罷了衆人聽了嚇得不敢則聲只得又各處去找晴雯和秋紋二人果出去要藥去故意鬧的衆人皆知寶玉著了驚嚇病了王夫人聽了忙命人來看視給藥又吩咐

各上夜人仔細搜查又一面叫查二門外鄰園墻上夜的小厮們於是園內燈籠火把直鬧了一夜至五更天就傳管家的細看查訪賈母聞知寶玉被嚇細問原由衆人不敢再隱只得回明賈母道我不料有此事如今各處上夜的都不小心還是小事只怕他們就是賊也未可知當下邢夫人尤氏等都過來請安李紈鳳姐及姊妹等皆陪侍聽賈母如此說都默無所答獨探春出位笑道近因鳳姐姐身子不好幾日園裡的人比先放肆許多先前不過是大家偷着一時半刻或夜裡坐更時三四個人聚在一處或擲骰或鬥牌小頑意兒不過爲着熬困起見如今漸次放誕竟開了賭局甚至頭家局主或三十吊五十吊的大輸贏半月前竟有爭鬥相打的事賈母聽了忙說你既知道爲什麽不早回我來探春道我因想著太太事多且連日不自在所以沒回只告訴大嫂子和管事的人們戒飭過幾次近日好些了賈母忙道你姑娘家那裡知道這裡頭的利害你以爲賭錢常事不過怕起爭端不知夜間既要錢就保不住不吃酒既吃酒就未免門戶任意開鎖或買東西其中夜靜人稀趁便藏賊引盜什麽事做不出來況且園內你姐兒們起居所伴者皆係丫頭媳婦們賢愚混雜賊盜事小倘有別事略沾帶些關係非小這事豈可輕恕探春聽說便默然歸坐鳳姐雖未大愈精神未嘗稍減今見賈母如此說便忙道偏偏我又病了遂

回頭命人速傳林之孝家的等總理家事的四個媳婦來了當着賈母申飭了一頓賈母即刻查了頭家賭家來有人出首者賞隱情不告者罰林之孝家的等見賈母動怒誰敢狥私忙去園內傳齊又一一盤查雖然大家賴一回終不免水落石出查得大頭家三人小頭家八人聚賭者統共二十多人都帶來見賈母跪在院內磕響頭求饒賈母先問大頭家名姓和錢之多少原來這大頭家一個是林之孝家的兩姨親家一個是園內厨房內柳家媳婦之妹一個是迎春之乳母這是三個爲首的餘者不能多記賈母便命將骰子紙牌一並燒毀所有的錢入官分散與衆人將爲首者每人打四十大板攆出去總不許再



入從者每人打二十板革去三月月錢撥入圊廁行內又將林之孝家的申飭了一番林之孝家的見他的親戚又給他打嘴自巳也覺沒趣迎春在坐也覺沒意思黛玉寶釵探春等見迎春的乳母如此也是物傷其類的意思遂都起身笑向賈母討情說這個奶奶素日原不頑的不知怎麽也偶然高興求看二姐姐面上饒過這次罷賈母道你們不知道大約這些奶子們一個個仗着奶過哥兒姐兒原比別人有些體面他們就生事比別人更可惡專管調唆主子護短偏向我都是經過的況且要拿一個作法恰好果然就遇見了一個你們別管我自有道理寶釵等聽說只得罷了一時賈母歇晌大家散出都知賈母

生氣皆不敢回家只得在此暫候尤氏到鳳姐兒處來閑話了一回因他也不自在只得園內去閑談邢夫人在王夫人處坐了一回也要到園內走走剛至園門前只見賈母房內的小丫頭子名喚傻大姐的笑嘻嘻走來手內拿著個花紅柳綠的東西低頭瞧著只管走不防迎頭撞見邢夫人抬頭看見方纔站住邢夫人因說這傻丫頭又得個什麽愛巴物兒這樣喜歡拿來我瞧瞧原來這傻大姐年方十四歲是新挑上來給賈母這邊專做粗活的因他生的體肥面濶兩隻大腳做粗活很爽利簡捷且心性愚頑一無知識出言可以發笑賈母喜歡便起名爲傻大姐若有錯失也不苛責他無事時便入園內來頑耍正往山石背後掏促織去忽見一個五彩繡香囊上面綉的並非花鳥等物一面却是兩個人赤條條的相抱一面是幾個字這痴丫頭原不認得是春意兒心下打諒敢是兩個妖精打架不就是兩個人打架呢左右猜解不來正要拿去給賈母看呢所以笑嘻嘻走回忽見邢夫人如此說便笑道太太真個說的巧真是個愛巴物兒太太瞧一瞧說著便送過去邢夫人接來一看嚇得連忙死緊攥住忙問你是那裡得的傻大姐道我掏促織兒在山子石後頭揀的邢夫人道快別告訴人這不是好東西連你也要打死呢因你素日是個傻丫頭已後再別提了這傻大姐聽了反嚇得黃了臉說再不敢了磕了頭呆呆而去邢

夫人回頭看時都是些女孩兒不便遞給他們自己便攏在袖裡心內十分罕異揣摩此物從何而來且不形於聲色到了迎春房裡迎春正因他乳母獲罪心中不自在忽報母親來了遂接入奉茶畢邢夫人因說道你這麼大了你那奶媽子行此事你也不說說他如今別人都好好的偏偺們的人做出這事來什麼意思迎春低頭弄衣帶半晌答道我說他兩次他不聽也叫我沒法兒況因他是媽媽只有他說我的沒有我說他的邢夫人道胡說你不好了他原該說如今他犯了法你就該拿出姑娘的身分來他敢不依你就回我去纔是如今直等外人共知這可是什麼意思再者放頭兒還只怕他巧語花言的和你



借貸些簪環衣裳做本錢你這心活面軟未必不周濟他些若被他騙了去我是一個錢沒有的看你明日怎麼過節迎春不語只低着頭邢夫人見他這般因冷笑道你是大老爺跟前的人養的這裡探丫頭是二老爺跟前的人養的出身一樣你娘比趙姨娘強十分你也該比探丫頭強纔是怎麼你反不及他一點倒是我無兒女的一生干凈也不能惹人笑話人回璉二奶奶來了邢夫人聽了冷笑兩聲命人出去說請他自己養病我這裡不用他伺候接着又有探事的小丫頭來報說老太太醒了邢夫人方起身往前邊來迎春送至院外方回繡橘因說道如何前兒我回姑娘那一個攢珠纍金鳳竟不知那裡去了

問了姑娘竟不問一聲兒我說必是老奶奶拿去當了銀子放頭兒了姑娘不信只說司棋收着叫問司棋司棋雖病心裡却明白說沒有收起來還在書架上匣裡放着預備八月十五要戴呢姑娘該叫人去問老奶奶一聲迎春道何用問那自然是他拿了去擋了肩兒了我只說他悄悄的拿了出去不過一時半晌仍舊悄悄的放在裡頭誰知他就忘了今日偏又鬧出來問他也無益繡橘道何曾是忘記他是試准了姑娘的性格兒纔這麼着如今我有個主意到二奶奶屋裡將此事回了他或着人要他或省事拿幾吊錢來替他贖了如何迎春忙道罷罷省事些好寧可沒有了又何必生事繡橘道姑娘怎麼這樣軟弱都要省起事來將來連姑娘還騙了去我竟去的是說著便



走迎春便不言語只好由他誰知迎春的乳母之媳玉柱兒媳婦為他婆婆得罪來求迎春去討情他們正說金鳳一事且不進去也因素日迎春懦弱他們都不放在心上如今見繡橘立意去回鳳姐又看這事脫不過去只得進來陪笑先向繡橘說姑娘你別去生事姑娘的金絲鳳原是我們老奶奶老糊塗了輸了幾個錢沒的撈梢所以借去不想今日弄出事來雖然這樣到底主子的東西我們不敢遲悞終久是要贖的如今還要求姑娘看著從小兒吃奶的情往老太太那邊去討一個情兒救出他來纔好迎春便說道好嫂子你趁早打了這妄想要等

我去說情兒等到明年也是不中用的方纔連寶姐姐林妹妹大夥兒說情老太太還不依何況是我一個人我自已臊還臊不過來還去討臊去繡橘便說贖金鳳是一件事說情是一件事別絞在一處難道姑娘不去說情你就不贖了不成嫂子且取了金鳳來再說玉柱兒家的聽見迎春如此拒絕他繡橘的話又鋒利無可回答一時臉上過不去也明欺迎春素日好性兒乃向繡橘說道姑娘你別太張勢了你滿家子算一算誰的媽媽奶奶不仗着主子哥兒姐兒得些便宜偏偺們就這樣丁是丁卯是卯的只許你們偷偷摸摸的哄騙了去自從邢姑娘來了太太吩咐一個月儉省出一兩銀子來給舅太太去這裡



饒添了邢姑娘的使費反少了一兩銀子時常短了這個少了那個那不是我們供給誰又要去不過大家將就些罷了算到今日少說也有三十兩了我們這一向的錢豈不白填了限呢繡橘不待說完便啐了一口道做什麼你白填了三十兩我且和你算算賬姑娘要了些什麼東西迎春聽了這媳婦發邢夫人之私意忙止道罷罷不能拿了金鳳來你不必拉三扯四的亂嚷我也不要那鳳了就是太太問時我只說丟了也妨碍不着你什麼你出去歇歇兒去罷何苦呢一面叫繡橘倒茶來繡橘又氣又急因說道姑娘雖不怕我是做什麼的把姑娘的東西丟了他倒賴說姑娘使了他的錢這如今竟要誰折起來倘

或太太問姑娘為什麼使了這些錢敢是我們就中取勢這還了得一行說一行就哭了司棋聽不過只得免強過來幫着繡橘問着那媳婦迎春勸止不住自拿了一本太上感應篇去看三人正沒開交可巧寶釵黛玉寶琴探春等因恐迎春今日不自在都約著來安慰他們走至院中聽見幾個人講究探春從紗窗內一看只見迎春倚在床上看書若有不聞之狀探春也笑了小丫頭們忙打起簾子報道姑娘們來了迎春放下書起身那媳婦見有人來且又有探春在內不勸自止了遂趂便就走探春坐下便問纔剛誰在這裡說話倒像拌嘴是的迎春笑道沒有什麼左不過他們小題大做罷了何必問他探春笑道



我纔聽見什麼金鳳又是什麼沒有錢只合我們奴才要誰和奴才要錢了難道姐姐和奴才要錢不成司棋繡橘道姑娘說的是了姑娘何曾和他要什麼了探春笑道姐姐既沒有和他要必定是我們和他們要了不成你叫他進來我倒要問問他迎春笑道這話又可笑你們又無沾礙何必如此探春道這倒不然我和姐姐一樣姐姐的事和我一般他說姐姐即是說我我那邊有人怨我姐姐聽見也是合怨姐姐一樣偺們是主子自然不理論那些錢財小事只知想起什麼要什麼也是有的事但不知纍絲鳳怎麼又夾在裡頭那玉柱兒媳婦生恐繡橘等告出他來遂忙進來用話掩飾探春深知其意因笑道你們

所以糊塗如今你奶奶已得了不是趁此求二奶奶把方纔的
錢未曾散人的拿出些來贖來就完了比不得放開出來大家
都藏着留臉面如今既是沒了臉趁此時總有十個罪也只一
人受罰沒有砍兩顆頭的理你依我說竟是和二奶奶趁便說
去在這裡大聲小氣如何使得這媳婦被探春說出真病也無
可賴了只不敢往鳳姐處自首探春笑道我不聽見便罷既聽
見少不得替你們分解分解誰知探春早使了眼色與侍書侍
書出去了這裡正說話忽見平兒進來寶琴拍手笑道三姐姐
敢是有驅神召將的符術黛玉笑道這倒不是道家法術倒是
用兵最精的所謂守如處女出如脫兎出其不備的妙策二人



取笑寶釵便使眼色與二人遂以別話岔開探春見平兒來了
遂問你奶奶可好些了真是病糊塗了事事都不在心上叫我
們受這樣委屈平兒忙道誰敢給姑娘氣受姑娘吩咐我那玉
柱兒媳婦方慌了手腳遂上來赶着平兒叫姑娘坐下讓我說
原故姑娘請聽平兒正色道姑娘這裡說話也有你混插嘴的
理嗎你但凡知禮該在外頭伺候也有外頭的媳婦們無故到
姑娘屋裡來的繡橘道你不知我們這屋裡是沒禮的誰愛來
就來平兒道都是你們不是姑娘好性兒你們就該打出去然
後再回太太去纔是柱兒媳婦見平兒出了言紅了臉方退出
去探春接着道我且告訴你要是別人得罪了我倒還罷了如

今這柱兒媳婦和他婆婆仗着是嬷嬷又瞅着二姐姐好性兒私自拿了首飾去賭錢而且還揑造假賬逼着去討情和這兩個丫頭在卧房裡大嚷大叫二姐姐竟不能轄治所以我看不過纔請你來問一聲還是他本是天外的人不知道理還是有誰主使他如此先把二姐姐制伏了然後就要治我和四姑娘了平兒忙陪笑道姑娘怎麽今日說出這話來我們奶奶如何擔得起探春冷笑道俗語說的物傷其類脣亡齒寒我自然有些心驚麽平兒問迎春道若論此事本好處的但只他是姑娘的奶娘姑娘怎麽樣呢當下迎春只合寶釵看感應篇故事究竟連探春的話也沒聽見忽見平兒如此說仍笑道問我我也



沒什麽法子他們的不是自作自受我也不能討情我也不去加責就是了至于私自拿去的東西送來我收下不送來我也不要了太太們要來問我可以隱瞞遮飾的過去是他的造化要瞞不住我也沒法兒沒有個爲他們反欺枉太太們的理少不得直說你們要說我好性兒沒個決斷有好主意可以八面週全不叫太太們生氣任憑你們處治我也不管衆人聽了都好笑起來黛玉笑道真是虎狼屯于階陛尚談因果要是二姐姐是個男人一家上下這些人又如何裁治他們迎春笑道正是多少男人衣租食稅及至事到臨頭尚且如此況且太上說的好救人急難最是陰隲事我雖不能救人何苦來白白去和

人精總結仇作那樣無益有損的事呢一語未了只聽又有一
人來了不知是誰下回分解



紅樓夢第七十三回終

# 紅樓夢第七十四回

惑奸讒抄檢大觀園　避嫌隙杜絕寧國府

話說平兒聽迎春說了正自好笑忽見寶玉也來了原來管厨房柳家媳婦的妹子也因放頭開賭得了不是因這園中有素和柳家的不好的便又告出柳家的來說和他妹子是夥計雖了平分因此鳳姐要治柳家之罪那柳家的聽得此言便慌了手脚因思素與怡紅院的人最爲深厚故走來悄悄的央求晴雯芳官等人轉告訴了寶玉寶玉因思內中迎春的嬭嬭也現有此罪不若來約同迎春去討情比自已獨去単爲柳家的說情又更妥當故此前來忽見許多人在此見他來時都問道你



的病可好了跑來做什麽寶玉不便說出討情一事只說來看二姐姐當下衆人也不在意且說些閒話平兒便出去辦纍金鳳一事那玉柱兒媳婦緊跟在後口內百般央求只說姑娘好歹口內超生我橫竪去贖了來平兒笑道你遲也贖早也贖既有今日何必當初你的意思得過就過既這麽樣我也不好意思告訴人趂早兒取了來交給我一字不提玉柱兒媳婦聽說方放下心來就拜謝又說姑娘自去貴幹趂晚贖了來先回了姑娘再送去如何平兒道趕晚不來可別怨我說畢二人方分路各自散了平兒到房鳳姐問他三姑娘叫你做什麽平兒笑道三姑娘怕奶奶生氣叫我勸着奶奶些問奶奶這兩天可吃

些二什麼鳳姐笑道倒是他還惦記我剛纔又出來了一件事有人來告柳二媳婦和他妹子通同開局凡妹子所爲都是他作主我想你素日肯勸我多一事不如少一事自已保養保養也是好的我因聽不進去果然應了先把太太得罪了而且反賺了一塲病如今我也看破了隨他們鬧去罷横豎還有許多人呢我白操一會子心倒惹的萬人咒罵不如且自家養養病就是病好了我也會做好好先生得樂且樂得笑且笑一槩是非都憑他們去罷所以我只答應着知道了平兒笑道奶奶果然如此那就是我們的造化了一語未了只見賈璉進來拍手嘆氣道好好的又生事前兒我和鴛鴦借當那邊太太怎麼知道



了剛纔太太叫過我去叫我不管那裡先借二百銀子做八月十五節下使用我回没處借太太就說你没有錢就有地方挪移我白和你商量你就搪塞我你就没地方兒前兒一千銀子的當是那裡的連老太太的東西你都有神通弄出來這會二百銀子你就這樣難虧我没和别人說去我想太太分明不短何苦来又尋事奈何人鳳姐兒道那日並没個外人誰走了這個消息平兒聽了也細想那日有誰在此想了半日笑道是了那日說話時没人就只晚上送東西來的時候兒老太太那邊傻大姐的娘可巧來送漿洗衣裳他在下房裡坐了一會子看見一大箱子東西自然要問必是丫頭們不知道說出來了也

求可知因此便喚了幾個小丫頭來問那日誰告訴傻大姐的娘丫衆小丫頭慌了都跪下賭神發誓說自來也沒敢多說一句話有人凡問什麽都答應不知道這事如何敢說鳳姐詳情度理說他們必不敢多說一句話倒別委屈了他們如今把這事靠後且把太太打發了去要緊寧可咱們短些別又討沒意思因叫平兒把我的金首飾再去押二百銀子來送去完事賈璉道索性多押二百咱們也要使呢鳳姐道很不必我沒處使這不知還指那一項贖呢平兒拿了去吩咐旺兒媳婦領去不一時拿了銀子來賈璉親自送去不在話下這裏鳳姐和平兒猜疑走風的人反叫鴛鴦受累豈不是咱們之過正在胡想人報太太來了鳳姐聽了吃異不知何事遂與平兒等忙迎出來只見王夫人氣色更變只帶一個貼已小丫頭走來一語不發走至裡間坐下鳳姐忙捧茶因陪笑問道太太今日高興到這裡逛逛王夫人喝命平兒出去平兒見了這般不知怎麽了忙應了一聲帶著衆小丫頭一齊出去在房門外站住一面將房門掩了自已坐在台堦上所有的人一個不許進去鳳姐也著了慌不知有何事只見王夫人含着淚從袖裡扔出一個香袋來說你瞧鳳姐忙拾起一看見是十錦春意香袋也嚇了一跳忙問太太從那裡得來王夫人見問越發淚如雨下顫聲說道我從那裡得來我天天坐在井裡想你是個細心人所以我纔

偷空兒誰知你也和我一樣這樣東西大天白日明擺在園裡山石上被老太太的丫頭拾著不虧你婆婆看見早已送到老太太跟前去了我且問你這個東西如何丟在那裡鳳姐聽得也更了顏色忙問太太怎麽知道是我的王夫人又哭又嘆道你反問我你想一家子除了你們小夫小妻餘者老婆子們要這個何用女孩子們是從那裡得來自然是那璉兒不長進下流種子那裡弄來的你們又和氣當作一件頑意兒年輕的人兒女閨房私意是有的你還和我賴幸而園內上下人還不解事尚未揀得倘或丫頭們揀著你姊妹看見這還了得不然有那小丫頭們揀着出去說是園內揀的外人知道這性命臉面



要也不要鳳姐聽說又急又愧登時紫脹了面皮便挨着炕沿雙膝跪下也含淚訴道太太說的固然有理我也不敢辯但我並無這樣東西其中還要求太太細想這香袋兒是外頭倣着內工繡的連穗子一概都是市賣的東西我雖年輕不尊重也不肯要這樣東西再者這也不是常帶着的我總然有也只好在私處擱着焉肯在身上常帶各處逛去况且又在園裡去個個姊妹我們都肯拉拉扯扯倘或露出來不但在姊妹前看見就是奴才看見我有什麽意思三則論主子內我是年輕媳婦算起來奴才比我更年輕的又不止一個了况且他們也常在園走動焉知不是他們掉的再者除我常在園裡還有那邊太

太常帶過幾個小姨娘來嫣紅翠雲那幾個人也都是年輕的人他們更該有這個了還有那邊珍大嫂子他也不算狠老也常帶過佩鳳他們來又焉知又不是他們的况且園內丫頭也多保不住都是正經的或者年紀大些的知道了人事一刻查問不到偷出去了或借着因由合二門上小么兒們打牙撂嘴兒外頭得了來的也未可知不但我沒此事就連平兒我也可以下保的太太請細想王夫人聽了這一夕話狠近情理因嘆道你起來我也知道你是大家子的姑娘出身不至這樣輕薄不過我氣激你的話但只如今且怎麽處你婆婆纔打發人封了這個給我瞧把我氣了個死鳳姐道太太快別生氣若被衆



人覺察了保不定老太太不知道且平心靜氣暗暗訪察才能得這個實在縱然訪不着外人也不能知道如今惟有趁着賭錢的因由革了許多人這空兒把周瑞媳婦旺兒媳婦等四五個貼近不能走話的人安插在園裡以查賭為由再如今他們的丫頭也太多了保不住人大心大生事作耗等鬧出來反悔之不及如今若無故裁革不但姑娘們委屈就連太太和我也過不去不如趁着這個機會以後凡年紀大些的或有些磨牙難纏的拏個錯兒攆出去配了人一則保的住沒有別事二則也可省些用度太太心想我這話如何王夫人嘆道你說的何嘗不是但從公細想你這幾個姊妹每人只有兩三個丫頭像人

餘者竟是小鬼兒是的如今再去了不但我心裡不忍只怕老太太未必就依雖然艱難也還窮不至此我雖沒受過大榮華比你們是強些如今寧可省我些別委屈了他們你如今且叫人傳周瑞家的等人進來就吩咐他們快快暗訪這事要緊鳳姐即喚平兒進來吩咐出去一時周瑞家的與吳興家的鄭華家的來旺家的來喜家的現在五家陪房進來王夫人正嫌人少不能勘察忽見邢夫人的陪房王善保家的走來正是方纔是他送香袋來的王夫人向來看視邢夫人之得力心腹人等原無二意今見他來打聽此事便向他說你去回了太太也進園來照管照管比別人強些王善保家的因素日進園去那些



丫鬟們不大趨奉他他心裡不自在要尋他們的故事又尋不着恰好生出這件事來以爲得了把柄又聽王夫人委托他正碰在心坎上道這個容易不是奴才多話論理這事該早嚴緊些的太太也不大往園裡去這些女孩子們一個個倒像受了誥封是的他們就成了千金小姐了鬧下天來誰敢哼一聲兒不然就調唆姑娘們說欺負了姑娘們了誰還躭得起王夫人點頭道跟姑娘們的丫頭比別的嬌貴些這也是常情王善保家的道別的還罷了太太不知頭一個是寶玉屋裡的晴雯那丫頭仗着他的模樣兒比別人標緻些又長了一張巧嘴天天打扮的像個西施樣子在人跟前能說慣道抓尖要強一句話

不投机他就立起兩隻眼睛來罵人妖妖調調大不成個體統王夫人聽了這話猛然觸動往事便問鳳姐道上次我們跟了老太太進園逛去有一個水蛇腰削肩膀兒眉眼又有些像你林妹妹的正在那裏罵小丫頭我心裡狠看不上那狂樣子因同老太太走我不曾說他後來要問是誰偏又忘了今日對了檻兒這丫頭想必就是他了鳳姐道若論這些丫頭們共總比起來都沒晴雯長得好論舉止言語他原輕薄些方纔太太說的倒狠像他我也忘了那日的事不敢混說王善保家的便道不用這樣此刻不難叫了他來太太瞧瞧王夫人道寶玉屋裡常見我的只有襲人麝月這兩個笨笨的倒好要有這個他自然不敢來見我呀我一生最嫌這樣的人且又出來這個事好好的寶玉倘或叫這蹄子勾引壞了那還了得因叫自己的丫頭來吩咐他道你去只說我有話問他留下襲人麝月伏侍寶玉不必來有一個晴雯最伶俐叫他即刻快來你不許和他說什麼小丫頭答應了走入怡紅院正值晴雯身上不好睡中覺纔起來發悶呢聽如此說只得跟了他來素日晴雯不敢出頭因連日不自在並沒十分粧飾自爲無碍及到了鳳姐房中王夫人一見他釵軃鬢鬆衫垂帶褪大有春睡捧心之態而且形容面貌恰是上月的那人不覺勾起方纔的火來王夫人便冷笑道好個美人兒眞像個病西施了你天天作這輕狂樣兒給

誰看你幹的事打量我不知道呢我且放著你自然明兒揭你的皮寶玉今日可好些晴雯一聽如此說心內大異便知有人暗算了他雖然着惱只不敢作聲他本是個聰明過頂的人見問寶玉可好些他便不肯以實話答應忙跪下回道我不大到寶玉房裡去又不常和寶玉在一處好歹我不能知那都是襲人合麝月兩個人的事太太問他們王夫人道這就該打嘴你難道是死人要你們做什麼晴雯道我原是跟老太太的人因老太太說園裡空大人少寶玉害怕所以撥了我去外間屋裡上夜不過看屋子我原回過我笨不能伏侍老太太罵了我又不叫你管他的事要伶俐的做什麼我聽了不敢不去纔去的不過十天半月之內寶玉叫着了答應幾句話就散了至於寶玉的飲食起居上一層有老奶奶老媽媽們下一層有襲人麝月秋紋幾個人我閒着還要做老太太屋裡的針線所以寶玉的事竟不曾留心太太既怪從此後我留心就是了王夫人信以爲實了忙說阿彌陀佛你不近寶玉是我的造化竟不勞你費心既是老太太給寶玉的我明兒回了老太太再攆你因向王善保家的道你們進去好生防他幾日不許他在寶玉屋裡睡覺等我回過老太太再處治他喝聲出去站在這裡我看不上這浪樣兒誰許你這麼花紅柳綠的粧扮晴雯只得出來這氣非同小可一出門便拿絹子握着臉一頭走一頭哭直哭到

園內去這裡王夫人向鳳姐等自怨道這幾年我越發精神短了照顧不到這樣妖精似的東西竟沒看見只怕這樣的還有明日到得查查鳳姐見王夫人盛怒之際又因王善保家的是邢夫人的耳目常時調唆的邢夫人生事縱有千百樣言語此刻也不敢說只低頭答應着王善保家的道太太且請息怒這些事小只交與奴才如今要查這個是極容易的等到晚上園門關了的時節內外不通風我們竟給他們個冷不防帶着人到各處丫頭們房裡搜尋想來誰有這個斷不單有這個自然還有別的那時翻出別的來自然這個也是他的了王夫人道這話倒是若不如此斷乎不能明白因問鳳姐如何鳳姐只得



答應說太太說是就行罷了王夫人道這主意很是不然一年也查不出來於是大家商議已定至晚飯後待賈母安寢了寶釵等入園時王家的便請了鳳姐一併進園喝命將角門皆上鎖便從上夜的婆子處抄揀起不過抄揀些多餘攢下蠟燭燈油等物王善保家的道這也是贓不許動的等明日回過太太再動于是先就到怡紅院中喝命關門當下寶玉正因晴雯不自在忽見這一干人來不知為何直撲了丫頭們的房門去因迎出鳳姐來問是何故鳳姐道丟了一件要緊的東西因大家混賴恐怕有丫頭們偷了所以大家都查一查去疑兒一面說一面坐下吃茶王家的等搜了一回又細問這幾個箱子是

誰的都叫本人來親自打開襲人因見晴雯這樣必有異事又見這番抄揀只得自已先出來打開了箱子並匣子任其搜揀一番不過平常通用之物隨放下又搜別人的挨次都一一搜過到晴雯的箱子因問是誰的怎麽不打開叫搜襲人方欲替晴雯開時只見晴雯挽着頭髮闖進來豁啷一聲將箱子掀開兩手提著底子往地下一倒將所有之物盡都倒出來王善保家的也覺沒趣兒便紫脹了臉說道姑娘你別生氣我們並非私自就來的原是奉太太的命來搜察你們叫番呢我們就番一番不叫番我們還許回太太去呢那用急的這個樣子晴雯聽了這話越發火上澆油便指著他的臉說道你說你是太太打發來的我還是老太太打發來的呢太太那邊的人我也都見過就只沒看見你這麽個有頭有臉大管事的奶奶鳳姐見晴雯說話鋒利尖酸心中甚喜却礙着邢夫人的臉忙喝住晴雯那王善保家的又羞又氣剛要還言鳳姐道媽媽你也不必和他們一般見識你且細細搜你的偺們還到各處走走呢再遲了走了風我可担不起王善保家的只得咬咬牙且忍了這口氣細細的看了一看也無甚私弊之物回了鳳姐要別處去鳳姐道你可細細的查若這一番查不出來難回話的衆人都道盡都細翻了沒有什麽差錯東西雖有幾樣男人物件都是小孩子的東西想是寶玉的舊物沒甚關係的鳳姐聽了笑道

既如此咱們就走再瞧別處去說着一逕出來向王善保家的道我有一句話不知是不是要抄揀只抄揀咱們家的人薛大姑娘屋裡斷乎抄揀不得的王善保家的笑道這個自然豈有抄起親戚家來的鳳姐點頭道我也這樣說呢一頭說一頭到了瀟湘館內黛玉已睡了忽報這些人來不知爲甚事纔要起來只見鳳姐已走進來忙按住他不叫起來只說睡著罷我們就走的這邊且說些閒話那王善保家的帶了衆人到了丫鬟房中也一一開箱倒籠抄揀了一番因從紫鵑房中搜出兩副寶玉往常換下來的寄名符兒一副束帶上的帔帶兩個荷包並扇套套內有扇子打開看時皆是寶玉往日手內曾拿過的



王善保家的自爲得了意遂忙請鳳姐過來驗視又說這些東西從那裡來的鳳姐笑道寶玉和他們從小兒在一處混了幾年這自然是寶玉的舊東西况且這符兒合扇子都是老太太和太太常見的媽媽不信咱們只管拿了去王家的忙笑道二奶奶既知道就是了鳳姐道這也不算什麼稀罕事撂下再往別處去是正經紫鵑笑道直到如今我們兩下裡的賬也算不清要問這一個連我也忘了是那年月日有的了這裡鳳姐合王善保家的又到探春院內誰知早有人報與探春了探春也就猜着必有原故所以引出這等醜態來遂命衆丫鬟秉燭開門而待一時衆人來了探春故問何事鳳姐笑道因丟了一件

東西連日訪察不出人來恐怕傍人賴這些女孩子們所以大家搜一搜使人去疑兒倒是洗淨他們的好法子探春笑道我們的丫頭自然都是些賊我就是頭一個窩主既如此先來搜我的箱櫃他們所偷了來的都交給我藏着呢說着便命丫鬟們把箱一齊打開將鏡奩粧盒衾袱衣包若大若小之物一齊打開請鳳姐去抄閱鳳姐陪笑道我不過是奉太太的命來妹妹別錯怪了我因命丫鬟們快快給姑娘關上平兒豐兒等先忙着替侍書等關的關收的收探春道我的東西倒許你們搜閱要想搜我的丫頭這可不能我原比衆人歹毒凡丫頭所有的東西我都知道都在我這裡間收着一針一線他們也沒得



收藏要搜所以只來搜我你們不依只管去回太太只說我違背了太太該怎麼處治我去自領你們別忙自然你們抄的日子有呢你們今日早起不是議論甄家自已盼着好好的抄家果然今日真抄了咱們也漸漸的來了可知這樣大族人家若從外頭殺來一時是殺不死的這可是古人說的百足之蟲死而不僵必須先從家裡自殺自滅起來纔能一敗塗地呢說着不覺流下淚來鳳姐只看著衆媳婦們周瑞家的便道既是女孩子的東西全在這裡奶奶且請到別處去罷也讓姑娘好安寢鳳姐便起身告辭探春道可細細搜明白了若明日再來我就不依了鳳姐笑道既然丫頭們的東西都在這裡就不必搜

了探春冷笑道你果然倒乖連我的包袱都打開了還說沒翻明日敢說我護着丫頭們不許你們翻了你趁早說明若還要翻不妨再翻一遍鳳姐知道探春素日與衆不同的只得陪笑道已經連你的東西都搜察明白了探春又問衆人你們也都搜明白了沒有周瑞家的等都陪笑說都明白了那王善保家的本是個心內沒成算的人素日雖聞探春的名他想衆人沒眼色沒膽量罷了那裡一個姑娘就這樣利害起來况且又是庶出他敢怎麽着自已又仗着是邢夫人的陪房連王夫人尚另眼相待何况別人只當是探春認真单惱鳳姐與他們無干他便要趂勢作臉因越衆向前拉起探春的衣襟故意一掀嘻



嘻的笑道連姑娘身上我都翻了果然沒有什麽鳳姐見他這樣忙說媽媽走罷別瘋瘋顛顛的一語未了只聽咱的一聲王家的臉上早着了探春一巴掌探春登時大怒指着王家的問道你是什麽東西敢來拉扯我的衣裳我不過看着太太的面上你又有幾歲年紀叫你一聲媽媽你就狗仗人勢天天作耗在我們跟前逞臉如今越發了不得了你索性望我動手動脚的了你打諒我是和你們姑娘那麽好性兒由著你們欺負你就錯了主意了你來搜檢東西我不惱你不該拿我取笑兒說着便親自要解鈕子拉着鳳姐兒細細的翻省得叫你們奴才來翻我鳳姐平兒等都忙與探春理裙整袂口內喝着王善保

家的說媽媽吃兩口酒就瘋瘋顛顛起來前兒把太太也冲撞了快出去別再討臉了又忙勸探春好姑娘別生氣他算什麼姑娘氣着到值多了探春冷笑道我但凡有氣早一頭碰死了不然怎麼許奴才來我身上搜賊贓呢明兒一早先回過老太太太太再過去給大娘賠禮該怎麼着我去領那王善保家的討了個沒臉趕忙躲出窗外只說罷了罷了這也是頭一遭挨打我明兒回了太太仍回老娘家去罷這個老命還要他做什麼探春喝命丫鬟你們聽着他說話還等我和他拌嘴去不成侍書聽說便出去說道媽媽你知點道理兒省一句兒罷你果然回老娘家去倒是我們的造化了只怕你捨不得去你去了



叫誰討主子的好兒調唆着察考姑娘折磨我們呢鳳姐笑道好丫頭真是有其主必有其僕探春冷笑道我們做賊的人嘴裡都有三言兩語的就只不會背地裡調唆主子平兒忙也陪笑解勸一面又拉了侍書進來周瑞家的等人勸了一番鳳姐直待伏侍探春睡下方帶着人往對過煖香塢來彼時李紈猶病在床上他與惜春是緊隣又和探春相近故順路先到這兩處因李紈纔吃了藥睡着不好驚動只到丫鬟們房中一一的搜了一遍也沒有什麼東西遂到惜春房中來因惜春年少尚未識事嚇的不知當有什麼事故鳳姐少不得安慰他誰知竟在入畫箱中尋出一大包銀錁子來約共三四十個為察姦情

反得賊贓又有一副玉帶版子並一包男人的靴韈等物鳳姐也黃了臉因問是那裡來的入畫只得跪下哭訴真情說這是珍大爺賞我哥哥的因我們老子娘都在南方如今只跟着叔叔過日子我叔叔嬸子只要喝酒賭錢我哥哥怕交給他們又花了所以每常得了悄悄的煩老媽媽帶進來叫我收着的惜春膽小見了這個也害怕說我竟不知道這還了得二嫂子要打他好歹帶出他去打罷我聽不慣的鳳姐笑道若果真呢也倒可恕只是不該私自傳送進來這個可以傳遞怕什麽不可傳遞這倒是傳遞人的不是了若這話不真倘是偷來的你可就別想活了入畫跪哭道我不敢撒謊奶奶只管明日問我們



奶奶和大爺去若說不是賞的就拿我和我哥哥一同打死無怨鳳姐道這個自然要問的只是真賞的也有不是誰許你私自傳送東西呢你且說是誰接的我就饒你下次萬萬不可惜春道嫂子別饒他這裡人多要不管了他那些大的聽見了又不知怎麽樣呢嫂子要依他我也不依鳳姐道素日我看他還使得誰沒一個錯只這一次二次再犯兩罪俱罰但不知傳遞是誰惜春道若說傳遞再無別人必是後門上的老張他常和這些丫頭們鬼鬼祟祟的這些丫頭們也都肯照顧他鳳姐聽說便命人記下將東西且交給周瑞家的暫且拿着等明日對明再議誰知那老張媽原和王善保家有親近因王善保家的

在邢夫人跟前作了心腹人便把親戚朴侳兒們都看不到眼裡了後來張家的氣不平鬥了兩次口彼此都不說話了如今王家的聽見是他傳遞碰在他心坎兒上更兼剛纔挨了探春的打受了侍書的氣沒處發泄聽見張家的這事因攛掇鳳姐道這傳東西的事關係更大想來那些東西自然也是傳遞進來的奶奶倒不可不問鳳姐兒道我知道不用你說於是別了惜春方往迎春房內去迎春已經睡著了丫鬟們也纔要睡眾人扣門半日纔開鳳姐吩咐不必驚動姑娘遂往丫鬟們房裡來因司棋是王善保家的外孫女兒鳳姐要看王家的可藏私不藏遂留神看他搜檢先從別人箱子搜起皆無別物及到了



司棋箱中隨意掏了一回王善保家的說也沒有什麼東西纔要關箱時周瑞家的道這是什麼話有沒有總要一樣看看纔公道說着便伸手掣出一雙男子的綿襪並一雙緞鞋又有一個小包袱打開看時裡面是一個同心如意並一個字帖兒一總遞給鳳姐鳳姐因理家久了每每看帖看賬也頗識得幾個字了那帖是大紅雙喜箋便看上面寫道

上月你來家後父母已覺察了但姑娘未出閣尚不能完你我心願若園內可以相見你可托張媽給一信若得在園內一見倒比來家好說話千萬千萬再所賜香珠二串今已查收外特寄香袋一個略表我心千萬收好表弟潘又安具

鳳姐看了不由的笑將起來那王善保家的素日並不知道他姑表兄妹有這一節風流故事見了這鞋襪心內已有些毛病又見有一紅帖鳳姐看着笑他便說道必是他們寫的賬不成字所以奶奶見笑鳳姐笑道正是這個賬竟算不過來你是司棋的老娘他表兄也該姓王怎麼又姓潘呢王善保家的見問的奇怪只得勉强告道司棋的姑媽給了潘家所以他姑表弟兄姓潘上次逃走了的潘又安就是他鳳姐笑道這就是了因說我念給你聽聽說着從頭念了一遍大家都唬一跳這王家的一心只要拿人的錯兒不想反拿住了他外孫女兒又氣又臊周瑞家的四人聽見鳳姐兒念了都吐舌頭搖頭兒周瑞家的道王大媽聽見了這是明明白白再沒得話說了這如今怎麼樣呢王家的只恨無地縫兒可鑽鳳姐只瞅着他抿着嘴兒嘻嘻的笑向周瑞家的道這倒也好不用他老娘操一點心兒鴉雀不聞就給他們弄了個好女婿來了周瑞家的也笑着湊趣兒王家的無處煞氣只好打着自已的臉罵道老不死的娼婦怎麼造下孽了說嘴打嘴現世現報衆人見他如此要笑又不敢笑也有趁愿的也有心中感動報應不爽的鳳姐見司棋低頭不語也並無畏懼慚愧之意倒覺可異料此時夜深且不必盤問只怕他夜間自尋短志遂喚兩個婆子監守且帶了人拿了賍証回來歇息等待明日料理誰知夜裡下面淋血不止

次日便覺身體十分軟弱起來遂掌不住請醫胗視開方立案說要保重而去老嬤嬤們拿了方子回過王夫人不免又添一番愁悶遂將司棋之事暫且擱起可巧這日尤氏來看鳳姐坐了一回又看李紈等忽見惜春遣人來請尤氏到他房中惜春便將昨夜之事細細告訴了又命人將入畫的東西一槩要來與尤氏過目尤氏道實是你哥哥賞他哥哥的只不該私自傳送如今官鹽反成了私鹽了因罵入畫糊塗東西惜春道你們管教不嚴反罵丫頭這些姊妹獨我的丫頭沒臉我如何去見人昨兒叫鳳姐姐帶了他去又不肯今日嫂子來的恰好快帶了他去或打或殺或賣我一概不管入畫聽說跪地哀求百般



苦告尤氏和奶媽等人也都十分解說他不過一時糊塗下次再不敢的看他從小兒伏侍一場誰知惜春年幼天性孤僻任人怎說只是咬定牙斷乎不肯留着更又說道不但不要入畫如今我也大了連我也不便往你們那邊去了况且近日聞得多少議論我若再去連我也編派尤氏道誰敢議論什麼又有什麼可議論的姑娘是誰我們是誰姑娘既聽見人議論我們就該問着他纔是惜春冷笑道你這話問着我倒好我一個姑娘家只好躲是非的我反尋是非成個什麼人了况且古人說的善惡生死父子不能有所勗助何况你我二人之間我只能保住自已就彀了以後你們有事好歹別累我尤氏聽了又氣

又好笑因向地下衆人道怪道人人都說四姑娘年輕糊塗我只不信你們聽這些話無原無故又沒輕重真真的叫人寒心衆人都勸說道姑娘年輕奶奶自然該吃些虧的惜春冷笑道我雖年輕這話却不年輕你們不看書不識字所以都是獃子倒說我糊塗尤氏道你是狀元第一個才子我們糊塗人不如你明白惜春道據你這話就不明白狀元難道沒有糊塗的可知你們這些人都是世俗之見那裡眼裡識的出真假心裡分的出好歹來你們要看真人總在最初一步的心上看起纔能明白呢尤氏笑道好好纔是才子這會子又做大和尚講起參悟來了惜春道我也不是什麼參悟我看如今人一槩也都是



入畫一般沒有什麼大說頭兒尤氏道可知你真是個心冷嘴冷的人惜春道怎麼我不冷我清清白白的一個人為什麼叫你們帶累壞了尤氏心內原有病怕說這些話聽說有人議論已是心中羞惱只是今日惜春分中不好發作忍耐了大半天今見惜春又說這話因按捺不住便問道怎麼就帶累了你你的丫頭的不是無故說我我倒忍了這半日你倒越發得了意只管說這些話你是千金小姐我們已後就不親近你仔細帶累了小姐的美名兒即刻就叫人將入畫帶了過去說着便賭氣起身去了惜春道你這一去了若果然不來倒也省了口舌是非大家倒還干淨尤氏聽了越發生氣但終久他是姑娘任

憑怎麽樣也不好和他認真的拌起嘴來只得索性忍了這口氣便也不答言一逕往前邊去了未知後事如何且聽下回分解



紅樓夢第七十四回終

# 紅樓夢第七十五回

開夜宴異兆發悲音　賞中秋新詞得佳讖

話說尤氏從惜春處賭氣出來正欲往王夫人處去跟從的老嬤嬤們因悄悄的道回奶奶且別往上屋裡去纔有甄家的幾個人來還有些東西不知是什麼机密事奶奶這一去恐怕不便尤氏聽了道昨日聽見你老爺說看見抄報上甄家犯了罪現今抄沒家私調取進京治罪怎麼又有人來老嬤嬤道正是呢纔來了幾個女人氣色不成氣色慌慌張張的想必有什麼瞞人的事尤氏聽了便不往前去仍往李紈這邊來了恰好太醫纔胗了脉去李紈近日也覺精爽了些擁衾倚枕坐在床上



正欲人來說些閑話因見尤氏進來不似方纔和藹只呆呆的坐着李紈因問道你過來了可吃些東西只怕餓了命素雲瞧有什麼新鮮點心拿來尤氏忙止道不必不必你這一向病着那裡有什麼新鮮東西况且我也不餓李紈道昨日人家送來的好茶麵子倒是對碗來你喝罷說畢便吩咐去對茶尤氏出神無語跟來的丫頭媳婦們因問奶奶今日晌午尚未洗臉這會子趁便可爭一淨好尤氏點頭李紈忙命素雲來取自已妝奩素雲又將自已脂粉拿來笑道我們奶奶就少這個奶奶不嫌腌臢能着用些李紈道我雖沒有你就該往姑娘們那裡取去怎麼公然拿出你的來幸而是他要是別人豈不惱呢尤氏

笑道這有何妨說著一面洗臉丫頭只彎腰捧着臉盆李紈道
怎麼這樣沒規矩那丫頭趕着跪下尤氏笑道我們家下大小
的人只會講外面假禮假體面究竟做出來的事都彀使的了
李紈聽如此說便已知道昨夜的事因笑道你這話有因是誰
做的事彀使的了尤氏道你倒問我你敢是病著過陰去了一
語未了只見人報寶姑娘來了二人忙說快請寶釵已走進來
尤氏忙擦臉起身讓坐因問怎麼一個人忽然走進來別的姊
妹都不見寶釵道正是我也沒有見他們只因今日我們奶奶
身上不自在家裡兩個女人也都因時症未起炕別的靠不得
我今兒要出去陪著老人家夜裡作伴要去回老太太太太我



想又不是什麼大事且不用提等好了我橫竪進來呢所以來
告訴大嫂子一聲李紈聽說只看着尤氏笑尤氏也看着李紈
笑一時尤氏盥洗已畢大家吃麵茶李紈因笑著向寶釵道既
這樣且打發人去請姨娘的安問是何病我也病著不能親自
來瞧好妹妹你去只管去我且打發人去到你那裡去看屋子
你好歹住一兩天還進來別叫我落不是寶釵笑道落什麼不
是呢也是人之常情你又不曾賣放了賊依我的主意也不必
添人過去竟把雲丫頭請了來你和他住一兩日豈不省事尤
氏道可是史大妹妹往那裡去了寶釵道我纔打發他們找你
們探丫頭去了叫他同到這裡來我也明白告訴他正說著果

然報雲姑娘和三姑娘來了大家讓坐已畢寶釵便說要出去一事探春道狠好不但姨媽好了還來就便好了不來也使得尤氏笑道這話又奇了怎麼攆起親戚來了探春冷笑道正是呢有別人攆的不如我先攆親戚們好也不必要死住着纔好咱們倒是一家子親骨肉呢一個個不像烏眼雞恨不得你吃了我我吃了你尤氏忙笑道我今兒是那裡來的晦氣偏都碰着你姐兒們氣頭兒上了探春道誰叫你趕熱竈火來了因問誰又得罪了你呢因又尋思道鳳丫頭也不犯合你慪氣是誰呢尤氏只含糊答應探春知他怕事不肯多言因笑道你別粧老寔了除了朝廷治罪沒有砍頭的你不必唬的這個樣



見告訴你罷我昨日把王善保的老婆打了我還頂著徒罪呢也不過背地裡說些閑話罷咧難道也還打我一頓不成寶釵忙問因何又打他探春悉把昨夜的事一一都說了尤氏見探春已經說出來了便把惜春方纔的事也說了一遍探春道這是他向來的脾氣孤介太過我們再扭不過他的又告訴他們說今日一早不見動靜打聽鳳丫頭病著就打發人四下裡打聽王善保家的是怎麼樣回來告訴我說王善保家的挨了一頓打嗔着他多事尤氏李紈道這倒也是正禮探春冷笑道這種遮人眼目兒的事誰不會做且再瞧就是了尤氏李紈皆默無所答一時丫頭們來請用飯湘雲寶釵回房打點衣衫不在

話下尤氏辭了李紈往賈母這邊來賈母歪在榻上王夫人正說甄家因何獲罪如今抄沒了家產來京治罪等話賈母聽了心中甚不自在恰好見他姊妹來了因問從那裏來的可知鳳姐兒妯娌兩個病着今日怎麼樣尤氏等忙回道今日都好些賈母點頭嘆道偺們別管人家的事且商量偺們八月十五賞月是正經王夫人笑道已預備下了不知老太太揀那裏好只是園裏恐夜晚風凉賈母笑道多穿兩件衣服何妨那裏正是賞月的地方豈可倒不去的說話之間媳婦們抬過飯桌王夫人尤氏等忙上來放筯捧飯賈母見自己幾色菜已擺完另有兩大捧盒內盛了幾色菜便是各房孝敬的舊規矩賈母說我吩咐過幾次蠲了罷你們都不聽王夫人笑道不過都是家常東西今日我吃齋沒有別的孝順那些麵觔豆腐老太太又不甚愛吃只揀了一樣椒油蓴虀醬來賈母笑道我倒也想這個吃鴛鴦聽說便將碟子挪在跟前寶琴一一的讓了方歸坐賈母便命探春來同吃探春也都讓過了便和寶琴對面坐下侍書忙去取了碗助鴛鴦又指那幾樣來道這兩樣看不出是什麼東西來是大老爺孝敬的這一碗是雞髓筍是外頭老爺送上來的一面說一面就將這碗筍送至桌上賈母略嘗了兩點便命將那幾樣着人都送回去就說我吃了已後不必天天送我想吃什麼自然着人來要媳婦們答應着仍送過去不在話

下賈母因問拿稀飯來吃些罷尤氏早捧過一碗來說是紅稻米粥賈母接來吃了半碗便吩咐將這粥送給鳳姐兒吃去又指着這一盤菓子獨給平兒吃去又向尤氏道我吃了你就來吃了罷尤氏答應着待賈母漱口洗手畢賈母便下地和王夫人說閒話行食尤氏告坐吃飯賈母又命鴛鴦等來陪吃賈母見尤氏吃的仍是白米飯因問說怎麼不盛我的飯丫頭們回道老太太的飯完了今日添了一位姑娘所以短了些鴛鴦道如今都是可著頭做帽子了要一點兒富餘也不能的王夫人忙回道這一二年旱澇不定庄上的米都不能按數交的這幾樣細米更艱難所以都是可着吃的做賈母笑道正是巧媳婦做不出沒米兒粥來衆人都笑起來鴛鴦一面回頭向門外伺候媳婦們道既這樣你們就去把三姑娘的飯拿來添上也是一樣尤氏笑道我這個就彀了也不用去取鴛鴦道你彀了我不會吃的媳婦們聽說方忙著取去了一時王夫人也用飯這裡尤氏直陪賈母說話取笑到起更的時候賈母說你也過去罷尤氏方告辭出來走至二門外上了車衆媳婦放下簾子來四個小厮拉出來套上牲口幾個媳婦帶著小丫頭子們先走到那邊大門口等着去了這裡送的丫環們也回來了尤氏在車內因見自己門首兩邊獅子下放着四五輛大車便知係來赴賭之人向小丫頭銀蝶兒道你看坐車的是這些騎馬的又

不知有幾個呢說著進府已到了廳上賈蓉媳婦帶了丫環媳婦也都秉着羊角手罩擁出來了尤氏笑道成日家我要偷着瞧瞧他們賭錢也沒得便今兒倒巧順便打他們窗戶跟前走過去衆媳婦答應着提燈引路又有一個先去悄悄的知會伏侍的小厮們不許失驚打怪于是尤氏一行人悄悄的來至窗下只聽裡面稱三讚四耍笑之音雖多又兼有恨五罵六忿怨之聲亦不少原來賈珍近因居喪不得遊玩無聊之極便生了個破悶的法子日間以習射爲由請了幾位世家弟兄及諸富貴親友來較射因說白白的只管亂射終是無益不但不能長進且壞了式樣必須立了罰約賭個利物大家纔有勉力之心



因此天香樓下箭道內立了鵠子皆約定每日早飯後時射鵠子賈珍不好出名便命賈蓉做局家這些都是少年正是鬬雞走狗問柳評花的一干游俠紈袴因此大家議定每日輪流做晚飯之主天天宰猪割羊屠鵝殺鴨好似臨潼鬬寶的一般都要賣弄自己家裡的好厨役好烹調不到半月工夫賈政等聽見這般不知就裡反說這纔是正理文旣悞了武也當習况在武蔭之屬遂也令寶玉賈環賈琮賈蘭等四人於飯後過來跟着賈珍習射一回方許回去賈珍志不在此再過幾日便漸次以歇肩養力爲由晚間或抹骨牌賭個酒東兒至後漸次至錢如今三四個月的光景竟一日一日賭勝於射了公然鬬葉擲

骰放頭開局夜賭起來家下人借此各有些利益巴不得如此所以竟成了局勢外人皆不知一字近日邢夫人的胞弟邢德全也酷好如此所以也在其中又有薛蟠頭一個慣喜送錢與人的見此豈不快樂這邢德全雖係邢夫人的胞弟却居心行事大不相同他只知吃酒賭錢眠花宿柳爲樂手中濫漫使錢待人無心因此都叫他傻大舅薛蟠早已出名的獃大爺今日二人湊在一處都愛搶快便又會了兩家在外間炕上搶快又有幾個在當地下大棹子上赶羊裡間又有一起斯文些的抹骨牌打天九此間伏侍的小厮都是十五歲以下的孩子此是前話且說尤氏潛至窗外偷看其中有兩個陪酒的小么兒都



打扮的粉粧錦飾今日薛蟠又擲輸了正沒好氣幸而後手裡漸漸翻過來了除了冲賬的反贏了好些心中自是興頭起來賈珍道且打住吃了東西再來因問那兩處怎麽樣此時打天九赶老羊的未清先擺下一棹賈珍陪着吃薛蟠興頭了便摟著一個小么兒喝酒又命將酒去敬傻大舅傻大舅輸家沒心腸喝了兩碗便有些醉意嗔着陪酒的小么兒只赶贏家不理輸家了因罵道你們這起兎子眞是些沒良心的忘八羔子天天在一處誰的恩你們不沾只不過這會子輸了幾兩銀子你們就這麽三六九等兒的了難道從此以後再沒有求著我的事了衆人見他帶酒那些輸家不便言語只抵着嘴兒笑那些

贏家忙說大舅罵的狠是這小狗攮的們都是這個風俗兒因笑道還不給舅太爺斟酒呢兩個小孩子都是演就的圈套忙都跪下奉酒扶着傻大舅的腿一面撒嬌兒說道你老人家別生氣看着我們兩個小孩子罷我們師父教的不論遠近厚薄只看一時有錢的就親近你老人家不信回來大大的下一注贏了白瞧瞧我們兩個是什麽光景兒說的衆人都笑了這傻大舅掌不住也笑了一面伸手接過酒來一面說道我要不看着你們兩個素日怪可憐見的我這一脚把你們的小蛋黃子踢出來說着把腿一抬兩個孩子趁勢兒爬起來越發撒嬌撒痴拿着灑花絹子托了傻大舅的手把那鍾酒灌在傻大舅



嘴裡傻大舅哈哈的笑着一揚脖兒把一鍾酒都乾了因擰了那孩子的臉一下兒笑說道我這會子看著又怪心疼的了說著忽然想起舊事來乃拍案對賈珍說道昨日我和你令伯母慪氣你可知道麽賈珍道沒有聽見傻大舅嘆道就爲錢這件東西老賢甥你不知我們邢家的底裡我們老太太去世時我還小呢世事不知他姐妹三個人只有你令伯母居長他出閣時把家私都帶過來了如今你二姨兒也出了門了他家裡也很艱窘你三姨兒尚在家裡一應用度都是這裡陪房王善保家的掌管我就是來要幾個錢也並不是要賈府裡的家私我邢家的家私也就彀我花了無奈竟不得到手你們就欺負

我没錢買珍見他酒醉外人聽見不雅忙用話解勸外面尤氏等聽得十分真切乃悄向銀蝶兒等笑說你聽見了這是北院裡大太太的兄弟抱怨他呢可見他親兄弟還是這樣就怨不得這些人了因還要聽時正值赶老羊的那些人也歇住了要酒有一個人問道方纔是誰得罪了舅太爺我們竟没聽明白且告訴我們評評理邢德全便把兩個陪酒的孩子不理的話說了一遍那人接過來就說可惱怨不得舅太爺生氣我問你舅太爺不過輸了幾個錢罷咧並没有輸掉了毬毛怎麼你們就不理了說着大家都笑起來邢德全也噴了一地飯說你這個東西行不動兒就撒村搗怪的尤氏在外面聽了這話悄悄



的啐了一口罵道你聽聽這一起没廉耻的小挨刀的再灌喪了黃湯還不知唚出些什麼新樣兒的來呢一面便進去卸粧安歇至四更時賈珍方散往佩鳳房裡去了次日起來就有人回西瓜月餅都全了只待分派送人賈珍吩咐佩鳳道你請奶奶看着送罷我還有别的事呢佩鳳答應去了回了尤氏一一分派遣人送去一時佩鳳來說爺問奶奶今兒出門不出門說偺們是孝家十五過不得節今兒晚上倒好可以大家應個景兒尤氏道我倒不愿意出門呢那邊珠大奶奶又病了璉二奶奶也躺下了我再不去越發没個人了佩鳳道爺說奶奶出門好歹早些回來叫我跟了奶奶去呢尤氏道既這麼樣快些吃

了我好走佩鳳道爺說早飯在外頭吃請奶奶自已吃罷尤氏問道今日外頭有誰佩鳳道聽見外頭有兩個南京新來的倒不知是誰說畢吃飯更衣尤氏等仍過榮府來至晚方回去果然賈珍煮了一口猪燒了一腔羊備了一棹菜蔬菓品在彙芳園叢綠堂中帶領妻子姬妾先吃過晚飯然後擺上酒開懷作樂賞月將一更時分真是風清月朗銀河微隱賈珍因命佩鳳等四個人也都入席下面一溜坐下猜枚搳拳飲了一回賈珍有了幾分酒高興起來便命取了一支紫竹簫來命佩鳳吹簫文花唱曲喉清韻雅甚令人心動神移唱罷復又行令那天將有三更時分賈珍酒已八分大家正添衣喝茶換盞更酌之際



忽聽那邊墻下有人長嘆之聲大家明明聽見都毛髮竦然賈珍忙厲聲叱問誰在那邊連問幾聲無人答應尤氏道必是墻外邊家裡人也未可知賈珍道胡說這墻四面皆無下人的房子况且那邊又緊靠着祠堂焉得有人一語未了只聽得一陣風聲竟過墻去了恍惚聞得祠堂內槅扇開闔之聲只覺得風氣森森比先更覺慘淡起來看那月色時也淡淡的不似先前明朗衆人都覺毛髮倒竪賈珍酒已嚇醒了一半只比別人拿得住些心裡也十分警畏便大沒興頭勉强又坐了一會也就歸房安歇去了次日一早起來乃是十五日帶領衆子侄開祠行朔望之禮細察祠內都仍是照舊好好的並無怪異之迹賈

珍自為醉後自怪也不提此事禮畢仍舊閉上門看著鎖禁起來賈珍夫妻至晚飯後方過榮府來只見賈赦賈政都在賈母房裡坐着說閒話與賈母取笑呢賈璉寶玉賈環賈蘭皆在地下侍立賈珍來了都一一見過說了兩句話賈珍方在挨門小杌子上告了坐側着身子坐下賈母笑問道這兩日你寶兄弟的箭如何了賈珍忙起身笑道大長進了不但式樣好而且弓也長了一個勁賈母道這也彀了且別貪力仔細努傷着賈珍忙答應了幾個是賈母又道你昨日送來的月餅好西瓜看着倒好打開那也不怎麼樣賈珍陪笑道月餅是新來的一個餑餑廚子我試了試果然好纔敢做了孝敬來的西瓜往年都



還可已不知今年怎麼就不好了賈政道大約今年雨水太勤之過賈母笑道此時月亮已上來了偺們且去上香說着便起身扶着寶玉的肩帶領眾人齊往園中來當下園子正門俱已大開掛着羊角燈嘉蔭堂月台上焚著斗香秉着燭陳設着瓜菓月餅等物邢夫人等皆在裡面久候真是月明燈彩人氣香烟晶艷氤氳不可名狀地下鋪着拜毯錦褥賈母盥手上香拜畢于是大家皆拜過賈母便說賞月在山上最好因命在那山上的大花廳上去眾人聽說就忙着在那裡鋪設賈母且在嘉蔭堂中吃茶少歇說些閒話一時人回都齊備了賈母方扶著人上山來王夫人等因回說恐石上苔滑還是坐竹椅上去賈

母道天天打掃況且極平穩的寬路何不疏散疏散筋骨也好于是賈赦賈政等在前引導又是兩個老婆秉着兩把羊角手罩鴛鴦琥珀尤氏等貼身攙扶邢夫人等在後圍隨從下逶迤不過百餘步到了主山峯脊上便是一座廠廳因在山之高脊故名曰凸碧山庄廳前平台上列下桌椅又用一架大圍屏隔做兩間凡桌椅形式皆是圓的特取團圓之意上面居中賈母坐下左邊賈赦賈珍賈璉賈蓉右邊賈政寶玉賈環賈蘭團團圍坐只坐了半桌下面還有半桌餘空賈母笑道往常倒還不覺人少今日看來究竟偺們的人也甚少算不得什麽想當年過的日子今夜男女三四十個何等熱鬧今日那有那些人如



今叫女孩兒們來坐那邊罷于是令人向圍屏後邢夫人等席上將迎春探春惜春三個叫過來賈璉寶玉等一齊出坐先儘他姊妹坐了然後在下依次坐定賈母便命折一枝桂花來叫個媳婦在屏後擊鼓傳花若花在手中飲酒一杯罰說笑話一個于是先從賈母起次賈赦一一接過鼓聲兩轉恰恰在賈政手中住了只得飲了酒衆姊妹弟兄都你悄悄的扯我一下我暗暗的又捏你一把都含笑心裡想着倒要聽是何笑話兒賈政見賈母歡喜只得承歡方欲說時賈母又笑道要說的不笑了還要罰賈政笑道只得一個若不說笑了也只好愿罰賈母道你就說這一個賈政因說道一家子一個人最怕老婆只說

了這一句大家都笑了因從沒聽見賈政說過所以纔笑賈母笑道這必是好的賈政笑道若好老太太先多吃一杯賈母笑道使得賈赦連忙捧盃賈政執壺斟了一盃賈赦仍舊遞給賈政賈赦旁邊侍立賈政捧上安放在賈母面前賈母飲了一口賈赦賈政退回本位于是賈政又說道這個怕老婆的人從不敢多走一步偏偏那日是八月十五到街上買東西便見了幾個朋友死活拉到家裡去吃酒不想吃醉了便在朋友家睡着了第二日醒了後悔不及只得來家陪罪他老婆正洗脚說既是這樣你替我舔舔就饒你這男人只得給他舔未免惡心要吐他老婆便惱了要打說你這樣輕狂嚇得他男人忙跪下求



說並不是奶奶的脚腌臢只因昨兒喝多了黃酒又吃了月餅餡子所以今日有些作酸呢說得賈母和衆人都笑了賈政忙又斟了一杯送與賈母賈母笑道既這樣快叫人取燒酒來別叫你們有媳婦的人受累衆人又都笑起來只賈璉寶玉不敢大笑于是又擊鼓便從賈政起可巧到寶玉鼓止寶玉因賈政在坐早已踧踖不安偏又在他手中因想說笑話倘或說不好了又說沒口才說好了又說正經的不會只慣貧嘴更有不是不如不說乃起身辭道我不能說求限別的罷賈政道既這樣限個秋字就卽景做一首詩好便賞你若不好明日仔細賈母忙道好好的行令怎麽又做詩賈政陪笑道他能的賈母聽說

既這樣就做快命人取紙筆來賈政道只不許用這些水晶氷
玉銀彩光明素等堆砌字樣要另出主見試試你這幾年情思
寶玉聽了碰在心坎兒上遂立想了四句向紙上寫了呈與賈
政看賈政看了點頭不語賈母見這般知無甚不好便問怎麼
樣賈政因欲賈母喜歡便說難爲他只是不肯念書到底詞句
不雅賈母道這就罷了就該獎勵已後越發上心了賈政道正
是因回頭命個老嬤嬤出去吩咐小廝們把我海南帶來的扇
子取來給兩把與寶玉寶玉磕了一個頭仍復歸坐行令當下
賈蘭見獎勵寶玉他便出席也做一首呈與賈政看賈政看了
更覺欣喜遂併講與賈母聽時賈母也十分歡喜也忙令賈政



賞他於是大家歸坐復行起令來這次賈赦手內住了只得吃
了酒說笑話因說道一家子一個兒子最孝順偏生母親病了
各處求醫不得便請了一個針灸的婆子來這婆子原不知道
脉理只說是心火一針就好了這兒子慌了便問心見鐵就死
如何針得婆子道不用針心只針肋條就是了兒子道肋條離
心遠着呢怎麼就好了呢婆子道不妨事你不知天下作父母
的偏心的多着呢衆人聽說也都笑了賈母也只得吃半杯酒
半日笑道我也得這婆子針一針就好了賈赦聽說自知出言
冒撞賈母疑心忙起身笑與賈母把盞以別言解釋賈母亦不
好再題且行令不料這花却在賈環手裡賈環近日讀書稍進

亦好外務今見寶玉做詩受獎他便技癢只當着賈政不敢造
次如今可巧花在手中便也索紙筆來立就一絕呈與賈政賈
政看了亦覺罕異只見詞句中終帶着不樂讀書之意遂不悅
道可見是弟兄了發言吐意總屬邪派古人中有二難你兩個
也可以稱二難了就只不是那一個難字却是做難以教訓難
字講纔好哥哥是公然温飛卿自居如今兄弟又自爲曹唐再
世了說得衆人都笑了賈赦道拿詩來我瞧便連聲讚好道這
詩據我看甚是有氣骨想來偺們這樣人家原不必寒窗螢火
只要讀些書比人略明白些可以做得官時就跑不了一個官
見的何必多費了工夫反弄出書獃子來所以我愛他這詩竟



不失偺們侯門的氣槩因回頭吩咐人去取自已的許多玩物
來賞賜與他因又拍著賈環的腦袋笑道已後就這樣做去這
世襲的前程就跑不了你襲了賈政聽說忙勸說不過他胡謅
如此那裡就論到後事了說着便斟了酒又行了一回令賈母
便說你們去罷自然外頭還有相公們候着也不可輕忽了他
們況且二更多了你們散了再讓姑娘們多樂一會子好歇着
了賈政等聽了方止令起身大家公進了一杯酒纔帶着子侄
們出去了要知端底下回分解

紅樓夢第七十五回終